JN310345

こころにひかる物語 Ⅱ

三木 卓・編

吉野晃希男・画

かまくら春秋社

● 目　次

カバー画・挿画　吉野晃希男
装幀　多田　進
協力　東京電力

まばゆい光

やなせたかし

ぼくの人生は冬の陽かげの道が長かった。でも華やかでいいですねとよくいわれる。よほど脳天気で気楽なオプチミストと思われているらしいが、とんでもない誤解である。ぼくは現在も全くの天涯孤独の身の上で、戸籍を見るとぼく以外の名前にはすべてバッテンがついている。

孤独の思いは深いのだが、それが自分の運命なのだからしかたがない。

ぼくの人生の前半は転んで転んでまた転ぶというぐらいろくなことはなかった。

終戦の翌年にやっと中国から帰ってきたが、何をしていいのかさっぱり解らなかったし自信もなかった。

それにひどく怠け者だったから何をやっても一人前になることはできず、中途半端だった。何をやらせても下手で不器用だったが、なんとかどうやらこうやら漫画家のはしくれみたいになり、横山隆一先生や杉浦幸雄先生といったところは神のような存在で、ぼくよりも若い加藤芳郎氏や、岡部冬彦氏は及びがたい天才児で、素質そのものが違っていた。

凡才なりにも自分の道のようなものが見えはじめた時、関西から超天才手塚治虫氏が上京してきて漫画の世界は急速に変化しはじめる。

あっという間に長篇劇画が主流になり、ぼくの描いていた雑誌は次から次へと廃刊になり、ステージがなくなってしまった。

いったいどうすればいいのか。

前途は暗黒である。

一点の光も見えなかった。

白土三平やさいとう・たかをのような絵はぼくには全く描けないし描く気もしなかった。ぼくは新しいメディアの民放ラジオやテレビの仕事に活路を見いだそうとしたが、あまり向いているとは思えなかった。

喰うには困らなかったが、雑然とした仕事ばかりで心の中はひどく空しかった。

それでも夜は仕事場にこもって徹夜なんかしているのだが、実はほとんど遊んでいるようなもので、煙草ばかり喫っていた（今は禁煙）。

収入はまずまずあるから家人は全く平気だったがぼくの絶望感は極限に達しそうになっていた。

その夜も深夜の仕事場でなんとなく懐中電燈を玩具にして遊んでいた。

部屋を真っ暗にして影絵をうつしたりしていたが、ふと自分の掌に懐中電燈を当ててみた。小学校の頃にレントゲンごっこをして懐中電燈に掌を押し当てて遊んでいたのを思い出したのだ。闇黒の中で光を透かしてみる自分の掌は、真紅の血の色がびっくりするほど鮮紅色できれいだった。

どういうわけかぼくはひどく感動してしまった。光に透かした自分の血の色に感動するとはあきれたものだが、元気のない自分なのに自分の血は脈動しながら全身をかけめぐってぼくの生命をささえている。

その時にぼくは、「まっかに流れるぼくの血潮」というフレーズがうかんだ。

そして「てのひらを太陽に」という詩ができたのだ。

正直いって良い詩ともなんとも思わなかった。

その頃仕事をしていたテレビ局の自分の構成した番組の挿入歌として、作曲はいずみたくに依頼した。

前年ぼくは大阪のフェスティバルホールで永六輔作演出の「見あげてごらん夜の星を」の舞台装置を担当して、その時の作曲がいずみたくで仲良くなっていたのだ。

いずみたくはまだヒットソングがなく、ＣＭソングの作曲ばかりしていた。

曲ができた時、それは馴染みのないバイヨンのリズムだったのであまりいい歌とも思えなかった。

ところが、これがぼくの人生にさした最初の太陽の光だったのである。

その時には少しも気づかなかった。

「てのひらを太陽に」は決してヒットソングではなかった。

しかし、やわらかい太陽の光のように徐々に大地にしみこんでいって、そこに生命が生まれた。

そして絶望的だったぼくの陽かげの道にもうっすらと光がさしはじめたのである。

やがてぼくは月刊「詩とメルヘン」を創刊し、アンパンマンシリーズを描きはじめ、漫画家の絵本の会の同人になる。奇しくも三つとも同じ年で、今から二十五年前である。

アンパンマンミュージアムと詩とメルヘン館というふたつの自分の記念館を故郷の高知県に建てた。漫画家としてはまだほんの末席にいるが時は既に人生の晩年である。

ぼくの見ているのは沈んでいく夕日である。

しかし夕日でもいい。

ほんの少しでもぼくは光の中に立つことができた。とてもまばゆい。

やなせ・たかし　漫画家、詩人。一九一九年生。漫画「アンパンマン」、アニメ「やさしいライオン」等。童画、絵本、作詞など多彩に活躍。

街燈がつくまで

新藤兼人

一九四五年（昭和二十年）十一月の或日、わたしは横須賀線を鎌倉駅で下り、線路下の通路をくぐって駅前へ出た。

ひっそりとしていた。駅前広場に人影もまばらだった。東京の無残な焼跡を見ているので、戦火をまぬがれた鎌倉はいっそうしずまりかえって見えた。

若宮大路へ出て左に折れ、鶴岡八幡宮に向かった。戦前一度きたことがあるので覚えている道すじだ。

鶴岡八幡宮に突き当って右に曲り、まっすぐ一〇〇メートルほど行くと宝戒寺に達し、左に折れる。人影はない。敗戦直後はふしぎに人は外へ出なかった。戦争がおわってながい緊張がとけ、人びとはながながと寝そべりたい気もちになったのか。

五〇メートルばかり行くと右へそれる。そこから二〇〇メートルぐらいだろうか、道は二つに分かれ、左へ行くと鎌倉宮、右へは十二所から金沢八景に達する。わたしは右の道を選ぶのである。

ここまでは舗装道路だが、ここから地方道になって、道はひどく悪くなる。間もなく左手に石段があって、高く登ったところに杉本観音がある。わたしはさらにすすむ。二股道から五〇〇メートルも行くと左に浄妙寺への道がある。その道を過ぎて二軒目にわたしの目的の野田家があった。

わたしは脚本家野田高梧さんの家へ、復員した挨拶に行くのだ。野田高梧さんは松竹大船脚本部の大先輩なので、脚本部に送られて出征したわたしは、無事帰還したことをまず野田さんに報告しなければならなかった。

玄関を開けると、野田さんが出られ、やあ、ご苦労さん、まあ、上ってください、と大きな声でいわれた。わたしが地下足袋をぬいで上ると、奥さんと二人のお嬢さんが相ついで出てこられ、奥さんが、よくまあ無事で、と声をかけてくださった。

その日は、夕食をご馳走になり、夜になって辞した。表へ出るとまっ暗闇。街燈というものが一つもない。家々からもれる明かりもほのかなもので無きがごとしだ。

夜の道を、足もとをさぐるようにして歩いた。闇の底にかすかに家の塀が見え、滑川の音がさらさらときこえた。

鎌倉宮へ別れる二股道へたどりついたが、道の両側に並ぶ家並みはまっ暗で、明りひとつ見えない。鶴岡八幡宮の前に出た。

若宮通りがまっすぐに海まで伸びている。その突き当りは由比ヶ浜のはずだが、月がないので海は見えない。だがほのかな大気の明りがある。立ち並ぶ家々は影絵のように黒ぐろとうずくまっていた。その沈黙は凄い感じがした。

野田家から鎌倉駅まで五十分ぐらいかかった。まっ暗な道を恐いとは思わなかった。わたしは広島の山奥の村で生まれたので、外はいつもまっ暗だった。まっ暗の中ではだれにも見られていないから、たった独りというひろびろとした世界があった。

そんなふうに、野田家から鎌倉駅まで道のまん中を歩いた。一人、二人と、すれちがったが、その人たちもまん中を歩いていた。道のまん中を歩くのは気もちがいい。鎌倉駅は闇の中に、おとぎばなしの駅のように浮きあがっていた。

東京は一面の焼野原で、家を失った人びとは飢えてさまよった。大船撮影所も固く表門を閉ざし、広い前庭には夏草が枯れたままになっていた。仕事はまだはじまらない。

わたしは東京阿佐ヶ谷の焼け残った家の四畳半を借りて、大船撮影所へ通っていたが、撮影所が閉鎖状態なので、大船を通り越して鎌倉駅で下り、野田家へ行った。

人びとが血眼になって食う物を追っかけているのに、野田家には何処から入ってくるのか、魚や肉や白いめしがあった。わたしは行くたびにご馳走になり、すすめられるままにずうずうしくも泊りこむこともあった。

わたしが焼跡で食っているものは、ヤミ市の得体の知れぬもので、野田家でいただくものはきらきらと輝いていた。

ときには弁当を持って行くこともあった。行けば食事が出るので、それが目的でうかがっているように思われてはと（ほんとうはそうであったが）弁当を持って行った。弁当といってもサツマ芋をふかしたもので、それを新聞紙に包んだ。

野田家の手前の杉本観音の石段をのぼり、途中の石段にかけて弁当を食った。それがせめてものわたしの礼節だった。

野田さんは、わたしの戦争の話を、それからどうなった、と興味しんしんにきかれ、わたしも飽きることなく話しこんだ。家族一同がわたしの弱兵戦記に参加され、またしてもわたしは泊ることになるのだった。

鎌倉の街に街燈が見えはじめたのは、翌年の秋になったころであったろうか。

しんどう・かねと　映画監督、脚本家。一九一二年生。「裸の島」でモスクワ映画祭グランプリ受賞。監督作品に「縮図」「鬼婆」等。著書多数。

ホタル型懐中電灯

河竹登志夫

よくいうことだが、まったくモノは探すときに限って見つからないものだ。「ホタル型懐中電灯」という、小型の懐中電灯――。油差しの孔に機械油を注入したのが、ついこの間のような気がするのに。

一番ありそうな所は、書庫の片隅の雑然とした一角だった。そこは小学校にも行かない昭和初年からの古いグッズが、いくつか雑々と置かれているコーナーなのだ。

物ごころつかない頃からの角力のコマや土俵。子供雑誌の附録の豆本。新しいところでは中学一年から大学へかけて、軍事教練から空襲下の日常にまで愛用した、色あせたゲートル……。しかしそこにも、めざすホタル電灯はない。

そういえば、いつも一緒のはずの「神風号鉛筆」も見えない。昭和十二年に国産飛行機として世界的記録を立てた神風号記念の、直径二センチもあるずんぐり太い鉛筆。ライトブルーの胴に東京ロンドン間の航程が地図で示されていた。その年に入学した中学での、三菱鉛筆工場見学のおみやげである。神風号は三菱重工の製作だった。

たぶんホタル電灯は、この鉛筆や戦争直後のタバコ巻き器などと一緒に、貴重品として別のところへしまったものらしい。その場所が、一向に思い出せないのだ。してみると油を差したのも、だいぶ以前だったのかもしれない。とうとう、昔のことは覚えていても、昨日のことは忘れる歳になったか――。

だが現物が今ここになくても、そのモノは大きさ形状から感触に至るまで、しかと私の五感の中に生きている。

ちょうどホタルの形に似て、長さ七センチ幅三・五センチほどの黒い金属の胴体と、小さな凸レンズのようなガラス蓋のついた灯頭から成る、小型の懐中電灯だ。子供にも握れるほどの大きさである。胴の片側面にレバーがあって、それを握手するように押すと、ガリガリガーガーと音がする。歯車で胴体の中のシリンダーコイルが回転して誘導電流がおこり、豆電球がつく——という仕組みだろう。

つまり電池も充電もいらない、自家発電式なのだ。今は知らないが、自転車のランプにも、タイヤとの接触によって点灯するのがあった。それと同じ原理である。

けっこう明かるかった。難点は、かなり大きな音がするのと、レバーを押すたびにしかつかないので、持続させるにはくたびれてしまうこと。だからまあ玩具の類で、実用に役立てたほどの記憶はない。しかしこれは、書庫の片隅のがらくた古物たちと同じく、私にとっては純真無垢だった幼年時代を甦らせる、記念品の一つなのだ。

私は人並みに、『少年倶楽部』の愛読者だった。超虚弱のくせに「昭和遊撃隊」や「快傑黒頭巾」や、「怪人二十面相」や「のらくろ」なんかに熱中していた。その『少倶』の巻末に、〝講談社代理部〟の通信販売広告欄があった。安物ばかりだが、捕虫網、望遠鏡、空気銃……と、子供のほしがるものがならんでいた。その中にホタル電灯があったのである。

胴のふくらんだ、カッコいいのがもう一種あった。が、ちょっと高い。医者や薬で金をつかわせているのが子供心にも苦になって、私は親に小遣いをせびったり何かほしがって困らせたりは、ほとんどしなかった。が、このホタルだけは例外で、それでもせめて安いほうをと遠慮して、これを買ってもらったのだった。

ガーガーとやると、力の入れかたに応じて、光が強くなったり弱くなったりする。それもホタルそっくり。夏の夜、これを持って庭を照らしてまわると、自分がホタルになったような気がした。そう、古物コーナーに、もっと古いホタル狩りの描画が残っている。濃紺のラシャ紙に、ホタル籠をさげた男と笹でホタルを追う子供がいて、黄色いテールライトをつけた大小のホタルが飛んでいる。人物が浴衣姿で、草土手があるところは、田舎の川べりか田圃か。その頃夏休みに信州の父の郷里に泊りに行って、花火見物のあと畦道づたいにホタルを追いながら帰ったことがあった。この絵はそれを、夏休みの宿題に描いたのだろう。小学二、三年か。裏に赤いペンで三重丸がついている。

ホタル電灯は、そのときの楽しさが忘れられず、めずらしくせびって買わせたのだったかもしれない。それいらい、戦中戦後六十年——。折り折りにこのホタル電灯は、今日では望めそうもないのびやかな幼少期のあったことを、思いおこさせてくれた。今では名前どころか、こんな懐中電灯がかつて存在したことさえ、知る人はすくないだろうけれど。

そのうちどこからか、極太の神風号鉛筆と連れ立って「やぁしばらく」と、ひょっこり顔を出すにちがいない。そうしたら「お前も元気かい」といって埃をはらい、機械油をたっぷり飲ませてやろう。

追記——この電灯はその後、書棚の下の引出しの奥から無事発見された。そろそろ古希のはずだがガーガーピカピカ、しごく健在である。

かわたけ・としお　演劇研究家。一九二四年生。「比較演劇学」で芸術選奨、「作者の家」で読売文学賞、毎日出版文化賞。早稲田大学名誉教授。

イルミネーションの世紀

牧　羊子

いた。

茅ヶ崎駅まで自宅から歩いて二十三分、せいぜい二十五分もかければいつでも十分に辿りついまから十数年前のことで、まだ黒松の防風林が海浜の町のあちこちに逞しくも頼もしい枝と常緑針葉をひろげていて、運ぶ足どりも自然にはずんだ。

亭亭というほどではないが湘南の潮風に揉まれて茂らせた梢は、一片の雲の翳りもない晴れた日のマリーンブルーの空にはとりわけ濃緑のうねりをきわだたせていて、その西方のかなたに富士山が典雅なたたずまいを映しはじめる。贅沢このうえない散歩道だった。

富士がみえるということでは東京の家の物干しからも武蔵野の名残りの欅の扇をひろげた木立ごしに、凛とした裾ひろがりをのぞむことができた。ベランダなどと洒落た建てつくりがまだ普及していない五十年代はじめ、幼稚園年少組にもとどかない娘をつれて関東ローム層の上に繁茂する武蔵野辺を散策するとさんしき菫や二人静をみつけたものだ。

碧空の西方に富士山を仰ぐ果報といっても格別の仕掛けに依ったものでなかった。それが思いかえすたびに嬉しい歓びをふくらませる。そこに棲いする誰にでも眺めやれば充たしてくれる果報だった。

樹影が急速に姿を消したのはたかだかこの数年のこと、あれよあれよという間に羊羹型の建物が町を埋め、同時に果報も遠のいた。

樹林がみさかいもなく伐採された時期はいまにして思えばバブルとさわがれていたときだった。茅ヶ崎市庁舎に懇請に出かけたのも再三、開高健記念会として地元の仲間の方がたとの活動の一環であったが時勢の奔流には抗しきれなかった。

いっときにそれこそ泡のような経済のふくれの潮が退いたあとの無惨が、無計画に乱立する羊羹型建造物の溜り、地震の多い国土柄も考慮されずにすすめられたこれらの危険物を心細い思いで眺めて暮らす。極楽からの転落である。

その転落と反比例する夜の明るさ、明るいことはいいことだと謳うようだ。闇をしりぞけるエネルギーに強い国力を誇っているようだ。そんな日常だけではない。クリスマス・イヴを迎える一ヶ月も前から、クリスマスツリーを形どったイルミネーションの氾濫である。

大正十二年生れの私が昭和のはじめに体験した外燈がともされた日の眩い記憶がなつかしい。素朴な愕きが歳月を経ていよいよ新鮮に甦る。それにくらべるとイルミネーションのまばたきなど、とてものことに情緒的な気分にはなれない。

でこぼこ道を転んで膝をすりむき、血の滲む疵口に唾をつけて滅菌したつもりの大地の土とのスキンシップは子どものころの愛しい災難でもあった。

子どもたちの多少の風邪や腹こわしには母は仁丹に似た小さな金粒の奇応丸を与えて治した。あとは温かくして寝かせ、食べものから滋養を摂らせることに心をくだいた。つまりは子どものそれぞれが身体内にひそませている免疫力を助長させる発想であった。

どんな町中の家並のあいだにも水面を透かしてうかがえる川の流れ、季節には丈をなす雑草でおおわれる空地があったから、小ぶなや川蟹の子や蜻蛉に蝶のたぐいはどこの家の子にも関心さえあれば等しい友だちになってくれた。いやいやながらも仲間として、つながって歩くなどという無理は必要なかった。

昆虫に夢中になっている少年や野花をみつけてさまよう少女に、むしろ一目おいて話を面白がった。無論ねたましさに意地悪をする連中もいないではなかったが、それだけで標的を孤立させることはできない、生きものが棲息する自然という空間と時間が存在したということだろう。

そこに生きるための相互免疫力が潜在していた。どろんこ道を舗装したようにサニタリーこそが文明と展進した今日の私たちの生活環境が失念してきたもの、免疫力の消失のおそろしさに気付いて手を打たねば、とイルミネーションのかがやきにうなだれるのは私が拗ねものであるからだろうか。

いま子どもたちはサニタリーなコンクリートか石の箱から箱への移動と、箱の中でのゲームファミコンで育っていく、ときく。

耳にし目にするイルミネーションの情報の点滅が暗示する二十一世紀にはもう私などが認識できそうもない地球人が、地球を翔び発っているのであろうか。漂っていずれの星雲にかまたまたイルミネーションをかけているのか。

まき・ようこ　詩人。一九二三〜二〇〇〇年。詩集に「コルシカの薔薇」「人生受難詩集」等。他にエッセイ集「遠いこえ近いことば」等多数。

中国の灯り

高橋順子

もう十年も前のことになってしまったが、両親と数日間の中国旅行をしたことがある。父は大戦のとき中国中部に送られていたので、それ以来のことであったが、母と私にとっては、初めての中国旅行であった。いや、旅行というならば、三人ともに初めての国外旅行であった。

出版社勤めを辞めて、自分一人で出版社をつくり、知友の詩書を刊行して手数料をもらうという仕事が軌道に乗り、どうやら食べていける見通しがついたころであった。当時、四十歳を越して独り身、母が描いていた娘の生き方とは、だいぶ遠いところを私は歩いていたのだが、心配をかけどおしのお詫びかたがた、父母を旅に誘ったのである。それが表向きの口上で、独りでいるからこそ、あなたがたをお連れできるのですよ、という的外れの自負心もひそんでいた。

実家の両親の部屋には、そのときに撮った漓江下りの舟の写真が、額に入れて飾られている。漓江というのは、揚子江、いまは長江というが、その支流である。桂林から五、六時間の舟旅がこの旅行の圧巻ともいうべきものだった。両岸には奇峰群がそびえ、まさしく水墨画の世界である。

同行者たちは古里の農協の人々で、桂林の土産物店で買った水墨画の掛け軸をみな袈裟がけに背負い、並んで歩いているところなどは、あたかも武者修行中の老人たちのようであった。私も仙人が驢馬に乗っているところを描いた、古色ただよう軸をもとめた。

太古のむかしには、この辺りは海底で、やがて生物の遺骸などが堆積して峰々をなしたそうだ。また地下の洞穴には、雨水や地下水によって石灰岩が溶けてたれ下がり、大規模な鍾乳洞を形成した。桂林の観光コースには、あまたある鍾乳洞のうちの一カ所が指定されていたようだ。
洞の内部は、夏とはいえ、冷気が漂い、気味の悪いものだった。面白いかたちの岩に、物語や伝説中の人物の名前などが付されている。それが紫や緑の光線の中に浮かび上がる。塗りたてのペンキのような、ぬめぬめとした光である。このような怪奇幻想趣味は、私などはもたない。

中国通の友人に言われて私はペンライト（懐中電灯）を携帯していたが、もしこれらの照明が消える事態になったら、この果てもなく広がる暗黒から帰還できるものかどうか、道中案じないではいられなかった。内部には光と風に触れたことのない池も、ひそまりかえっている。

幸いにして私たちは無事に夏の夕光の中に戻ることができたが、或る飯店で夕食の最中、また暗黒が私たちを封印しにやって来た。何度目かの停電だったが、ちょっと長かった。マッチを擦ったり、ライターを点けたりしていたが、気休めにすぎなかった。そうだ、思い出して、ペンライトを取り出し、テーブルの上に立てた。するとそれは蠟燭の光を演出し、たちまちこの世ならぬ晩餐会の雰囲気を醸しだした。しばらくすると、電気が点いて、私たちは笑いさざめきながら、再び現実の食卓に向かい、生ぬるいビールを飲むことになったのだが。父も私も若かったから、よく飲んだ。

この旅行の後、中国には二度出かけた。いまはどうか知らないが、冷たいビールを飲みたければ、リャン・ピージューとしつこく注文しなければ、なかなか出してくれなかった。中国の人は紹興酒や葡萄酒のほうをよく飲むらしく、ピージューの飲み方については無造作だった。それに冷やそうとしたところで、冷蔵庫も大きくなかったり、不備だったりしたようだ。じきに停電になるところから推して、電力供給量が需要に対して少ない。私などが子供のころは、とくに台風シーズンにはよく停電したものだった。

それから三年後、友人の大泉史世さんたちが北京に出かけるというので、餞別に懐中電灯をおくった。これが役に立ったらしい。時節外れの雪の中、アパートの九階に住む中国人の詩人を訪ねた。エレベーターは動いていない。スチームも切れている部屋で火酒をあおりながら歓談、いとまを告げてドアを閉めると、闇の中だったそうだ。廊下にも階段にも灯はなく、彼女はバッグから懐中電灯を取り出して、光の意味について考えることになったのだ。

以上は大泉さんが同人詩誌「月光亭」のあとがきに記したことである。助かったわ、と彼女は言ってくれたが、よくぞバッグに携えていってくれたものだ。いいものを差し上げたという気持ちより、ちゃんと携帯していってくれたということが嬉しかった。

先日、旅行鞄の底をさぐっていたら、小さな懐中電灯が二本も出てきた。カチッとスイッチを押すと、二本とも畳の上にうすい光の輪をつくった。

たかはし・じゅんこ　詩人。一九四四年生。「幸福な葉っぱ」で現代詩花椿賞、「時の雨」で読売文学賞。他に評論「連句のたのしみ」等。

街灯と懐中電燈

饗庭孝男

私の父は今年で十七回忌を迎える。その父は八十六歳で世を去ったが、彼の少年時代の思い出の一つは、大きな本陣形式の屋敷の暗い廊下で、いつもランプに火をつけることだったという。かつての私の家は膳所《ぜぜ》藩に属していたため、殿様がくる時に泊まるための大きな部屋がいくつもあり、そのかたわらに庭に面した廊下があった。父は夕方になると、その廊下でいくつものランプを掃除して火をつけ、それを居間や座敷や自分の勉強部屋におくことが仕事の一つであった。

父が言うには、その作業中にふと目を擧げると庭の奥にある燈籠の影の仄暗いところに狐がすわっていて、こちらをその青い眼でじっと見ているのがこわかったという。父のこの家は滋賀県の北西で、若狭との国境いに近い村（饗庭村という）にあった。谷の入口にある二十七軒しかない小さな集落であった。京都へ出るにも、父の幼少時代は、まだ湖にある小さな港から船で大津へ出てゆかねばならない不便な場所である。父が遠く広島へ勉強にゆく時に桟橋の芦のさわぐところに祖母はかがんで泣いていたという。今のように湖西線が走る、などということは夢のようで考えられぬ頃の話である。

遠くの村から中江藤樹という陽明学者が出て京都で名をあげたが、むろん江戸時代の頃で、彼は郷里への往復は、むろん徒歩か船であった。だから、父の時代でも事情は殆ど変わっていなかったのである。

私が戦後、父の家へ疎開した頃も、湖西線の前身、江若線があったとはいえ、定期航路も依然としてあった。又、江若線を下りて小浜へ出るのは、鉄道はなく、バスが埃を立てて峠をこえてゆくのであった。

村の中には電話を引いた家は一軒しかなく、電話がかかってくると、その家の人がどの家へも呼びにくる習慣であった。家の中の風呂は五右衛門風呂であり、御飯は昔と同じく、「おくどさん」で炊いたのである。父が住んだかつての本家は、大正年間に村の大火で延焼してしまい、祖父が建てたのは安普請であったものの、庭はかわらず、夕暮れ、私が縁側へ出ると、庭の組石の向うから「いたち」がこちらをのぞいていたのである。

ところで終戦当時、電力が不足しているせいで、点灯されるのは時間制であった。けれども勉強したい時間に消えると、どうしようもないので、私は村の中にある街灯の下へ行った。街灯だけは、どういうわけか制限がなく、いつも点いているのであった。私は手に本とノートを持ち、街灯の下で勉強をした。「蛍の光、窓の雪」というが、私には街灯の明りであったのである。しかしながら、この街灯にしても、接続が悪いのか、時折ふと消えてしまう。その時、私はいやという程つよく靴で電柱をけると、ボッと明りがついたのである。

そんなことを一時間に二回くらいしたという記憶がある。都会の学生は公衆トイレの電灯は消えないので、その入口に立って勉強したというが、利用する人はさぞ入りにくかっただろう。

その頃、高校へ通うのに、私は江若鉄道にのって近江今津まで行ったが、帰りが夜になるおそれがある時や、雪が多く降るおそれがある時には鞄の中に懐中電燈をもって行ったのである。一時間ほどで二十センチも積もるこの地方では、目の前が見えぬくらいに降るので、夜は懐中電燈が欠かせなかった。それで照らさないと道をはずれて全く違う方向の谷に入りこんでしまうからであった。

私が懐中電燈をいつも鞄の中に入れる習慣は以後長く続いた。それが大きな役割を果したしたのは四年前の阪神大震災の時である。私は次の日に神戸の大学で教えるために、前日、いつものように神戸の三の宮ターミナルホテルに泊まった。一月十七日の早朝、私は大地がひっくりかえる程の地震に遭った。何か地球がこわれてブラックホールができ、その中に落ちてゆくのだと思った。とうてい地震とは思わなかった。

上下動のあと水平動がはげしく、あらゆるものが崩れ、壁が傾き出し、テレビが飛んで来、窓ガラスが粉々に乱れ飛び、一瞬にして電燈が消えた。私の手首に飛んで来た額縁や窓枠についたガラスが何箇所もささり、血まみれになった。そのあと、私は部屋の隅に飛んだ鞄を足でさがして懐中電燈をとり出し、それで惨憺たる室内の状況を見、危険物をさけて服を着、ボーイが壊してくれたドアから外へ出ることができたのである。まさに日頃持ち歩いていた懐中電燈のおかげであった。

あえば・たかお　文芸評論家、仏文学者。一九三〇年生。「小林秀雄とその時代」「西行」「芭蕉」「知の歴史学」等。

灯台よ、汝が告げる言葉は何ぞ

石原慎太郎

空襲を恐れて灯火が管制されていた戦争中ならば別の話だが、消費、浪費が当たり前のこととなった昨今明かりを眺めてことさらの感慨を抱くような人間は滅多にいなくなったと思う。深夜といえどもこの国では明かりが氾濫しているし、もはやそれを浪費と捉える者もいはしない。夜遅くの航空便でこの国に帰ってくると、深夜でも驚くほどの量の灯火が地上に点されているのが他国との対比でよくわかる。

ヨーロッパからロシア経由で日本に戻る夜の便に乗っているとあの広大なシベリアを上空から眺めてに比べて横切ってもわずかな距離の日本海を飛び越しいったん日本の上空に入って見下ろす地上の光の量の多さにあらためて感嘆させられる。

そんな時代に、この日本の地上にあってなお、遠くに眺める灯火にひとしおの感慨を抱く人種というのは私たちヨット乗りだけのような気がする。地上といっても正確には陸ではなしに水の上、つまり海の上で眺める陸の明かりのことだが、その折の思いの深さは小さな船に帆を張って海を渡ったことのある人間にしかわかるまい。

鳥も通わぬ海を渡りながらヨット乗りが求める陸の灯火とは主に灯台の灯だが、その折々の気象によって同じ灯台の灯にしてなお、見えてくる距離もタイミングも著しく異なってくる。いつか読んだ田村隆一氏のエッセイに鎌倉の氏の家から天候によって時折海の彼方に遠くあるいは近く灯台らしい灯が見えるとあったが、あれは私たちが年間何度もレースして過ぎる大島の風早崎の灯台に違いない。

湘南を巡る相模湾でヨット乗りたちに膾炙された灯台といえば他に初島の灯台、伊豆の日蓮崎、さらに下って稲取の岬のそれ、そして遠くは爪木崎、さらに石廊崎、そしてレースのフィニッシュラインに近い剣崎や三崎城ヶ島の灯台といったところだろうが、何十年もの間のべ何百回も日夜目にしてきた灯台でも船の船首の彼方にその灯を見つけた時の感慨は、どうやら予定していた通りに船がやってきたなという納得などだけではなしに、なぜかその度しみじみした安息を与えてくれる。それは気象や天候に関わりなく、多分、夜間の航海なるものの本質的な心もとなさのせいに違いない。

素人はあまり知るまいが、あちこちにある灯台の放つ光はすべて、その色も色の取り合わせも、そして繰り返して輝く光の数も周波も違っている。その違い故に船乗りたちは自分が見出した灯台がどこに立ったものであるのかを知り、自分たちが今海のどこにいるのかを知ることが出来る。

そして大方の灯台はその用途の故にも、周りに人間たちの多く住んでいるような所ではなしに、昼間眺めれば人里離れて、夜は他の灯火の乏しいいかにも不便な、あるいは行くにも危うい断崖の上とか孤絶した暗礁の上に立っている。だからこそその灯は眺める者にしみじみと懐かしいのだ。

特に外国の見知らぬ海を手元の海図だけを頼りに走っている時、海図に記された灯台の記号と暗い海の彼方にようやく閃いて私たちを迎える灯台の光が符合した時の安息は、大袈裟ではなしに、同じ人間が運行しているこの世界なるものがいかにも信頼出来るといったくらいしみじみした感動を与えてくれる。

昔一九六五年の、私たちにとっては二度目の太平洋横断レースで、予定していたナビゲーターが急用が出来て不参加となり急きょ私がその役目を担ったものだった。レースの途中に弟が急性盲腸炎でコーストガードに救出されたりする出来事まであって緊張の連続だったが、肝心の船の位置を出すナビゲイションがいくらやっても旨くいかない。日本ではきちんと位置も出て安心していたのに所が太平洋となると肝心の基本の線すらがどうしても出てこない。太平洋でこのまま迷子になったらどうしようと、心痛で、酒好きの私が船の上で酒を呑む気にもなれなくなってしまったほどだった。

後になってようやくある偶然から、その時カルホルニアで使われていた太平洋夏時間を換算するのを忘れていたという、慣れた者ほど犯しやすい間違が原因とわかったものだったが。

そして悪戦苦闘の末にホノルル発のコンソランの電波と北極星を掴まえての緯度線とを交差させてついに船の位置をつかんだら、船はオーバーセイルして南に下り過ぎ、マウイ島の近くまで来てしまっていて、折からの濃いガスで視界が効かぬがもう間もなく島に突き当たりそうな位置だった。とにかく下手回ししなくてはという私に、それまでの不手際からてんで私を信用していない仲間たちは、せっかくいい感じで走っているのだからまあもう少しこのまま走ろうなどとぬかして取り合わない。すると内風のせいでガスが晴れて突然視界が開けたら、私が予告した通り目の前にマウイの北端の断崖の上に立つ灯台の灯が閃いた。あのまま後五分も走りつづけていたら船は多分断崖下のリーフにのし上げて遭難していたろう。あの時ほど灯台の灯が有り難かったことはない。

などというもろもろの体験からして、いつかこんな歌を作ったことがある。

「灯台よ、汝が告げる言葉は何ぞ、
わが情熱は、あやまりていしや」

いしはら・しんたろう　政治家、作家。一九三二年生。小説「太陽の季節」で芥川賞。他に「生還」等。運輸相など務め、現在、東京都知事。

あのころの電気スタンド

常盤新平

都心から東へ電車を乗りついで一時間半ほどの町に一時住んだ。そこは私鉄の北習志野という駅から近い団地で、団地の北側にあたる、けやき並木の商店街は、日曜日は歩行者天国になり、朝から子供たちの声が聞こえてきた。

しかし、午後六時を過ぎると、歩行者天国は終り、いっとき、けやき並木の巣に帰ってきた鳥たちがかしましく鳴くが、日が暮れて、子供たちは去り、三軒のパチンコ店が騒々しい音を放って、そのあたりだけが明るかった。

この商店街を通って、私は団地に帰るのだが、ここに移ってきてまもないある夜、団地の南側の通りを歩いていたとき、横丁のわずかな竹林のあいだから、障子紙に墨で「やぶ」と書いた軒灯から弱々しい灯がもれていた。

その軒灯の障子紙は翌日見ると、黄ばんでいて侘しく見えた。きっとはやらない店だろうと思いながら、その蕎麦屋にはいると、はたして客はいなかったが、蕎麦は私には、東京でもめったに味わえないうまさだった。

休日には昼を待ちかねて、姉弟二人でいとなむ「やぶ」で酒を飲み蕎麦を食った。その年の大晦日には一家でこの蕎麦屋を訪れると、蕎麦寿司が待っていた。姉たちは生まれてはじめて食べる蕎麦寿司をよろこんだ。

あれから十七年になる。その団地の三階にある家を妻はアパートと呼んでいた。私もいまもってマンションという言葉に馴染めない。私にとってもアパートなので、私の部屋は六畳の和室であり、冬は炬燵とガスストーブを愛用した。当時、私は市ヶ谷に仕事場を借りていたが、休みの日は自分の部屋で調べものをしたり、雑文を書いたりした。

炬燵は小さくて、炬燵の上にのせた台に原稿用紙やインク、灰皿、電気スタンドなどをおくと、仕事場という感じがした。電気スタンドは、学生のころに使った、お碗のような銀色の笠がついて、柄が自由にぐにゃぐにゃ曲るやつである。

その電気スタンドの明かりで英和辞典なんかを引いていると、私は五十歳になるころだったが、学生の時分にもどった気がした。また、蕎麦屋の軒灯のように、電気スタンドの灯のいろは侘しくもあった。炬燵だけでは寒いので、部屋にはガスストーブが燃えていた。そのガスストーブも時代おくれの古いものだった。

冬の週末の夜は仕事場からアパートに帰ってくるのが、なんとなく楽しかった。炬燵にもぐりこんで、捕物帳などを読んでいると、一週間の苦労を忘れることができた。

しかし、雪の降りつもる夜、駅から団地の南側の通りを帰ってくると、蕎麦屋の軒灯は暗く、すでに店を閉めていた。そこで、家の前を素通りして、団地を抜け商店街に出ると、横丁に「都」という居酒屋の灯が降りしきる雪のかなたに見えて、足が吸いよせられるようにそこへ向かった。

居酒屋では顔色の悪い、やせたおかみさんが小座敷の若い人たちに焼酎をはこんでいた。カウンターの向こうでは板前が手持ちぶさたで煙草を喫っていた。

私はカウンターで湯豆腐で酒を二本ばかり飲み、外に出ると、降る雪が街灯に照らされて踊っていた。大事な、おぼえておかなければならないことがらはすぐに忘れてしまうが、このようなつまらないことはいつまでも記憶している。靴の底が濡れて冷たかったのも記憶にある。

アパートに帰ると、妻は居間でフロアスタンドの明かりで本を読んでいた。妻の周囲だけが明るく、そのまわりは暗い。九時を過ぎたばかりだが、娘たちはすでにぐっすり眠っている。私は彼女たちの寝顔を覗いてから、薄暗い居間で妻のいれた熱い焙じ茶を飲んだ。

しかし、その団地住まいも長くはつづかなかった。三年か四年で、都心にもっと近い団地に引越したのだ。アパートが手狭になっていた。

引越すとき、妻は炬燵もガスストーブも電気スタンドも捨てた。新しい住居に移ってから、私はそのことに気がついた。

引越して、家のなかのものは何もかも新しくなった。過去を清算したのであるが、私は未練があったし、妻はそのことで私を非難した。あの電気スタンドのどこがいいのか、あの炬燵のどこがよかったのかと彼女は言った。

彼女の言うとおりである。それに、電気スタンドも炬燵も、もとはといえば妻のものだった。実をいうと、私は彼女のアパートにころがりこんだのである。二人の娘が保育園へ通うようになってから、恥かしくもようやくいっしょに住むようになったのだ。

電気スタンドのあの笠はあまりにも古くて、錆が出ていた。けれども、そのスタンドの明かりで辞書を引き、本を読み、原稿を書くとき、錯覚ではあるが、私に若さがもどってきたのだった。いま、あのスタンドの灯のいろが懐かしいと言うと、妻は笑いだし、なによ、あんなもの、とにべもない。北習志野の「やぶ」はいまもときどき訪れている。

ときわ・しんぺい　作家、翻訳家。一九三一年生。編集者から文筆業へ。「遠いアメリカ」で直木賞。翻訳にアーウィン・ショー「夏服を着た女たち」ほか。

生きている灯り

川崎　洋

わたしは太平洋戦争中、昭和十九年の春、父の郷里である福岡県へ一家で疎開した。旧制中学の二年、十四歳だった。八女郡（現八女市）の幹線道路沿いの藁葺屋根の一軒家を借りて父母、妹四人と住んだ。

その翌年、すなわち敗戦の年の日記が残っていて、読み返すとふっとその当時にタイムスリップする感じがある。次は三月二十三日（金）の一節——。

＜ラジオより　正式空母　五隻　巡洋艦　三隻　艦種不詳　一隻　大本営発表　撃墜百八十機我が方の損害　百五十機内大半は特攻隊機　よって未確認の戦果まだある。地上及び水上の損害軽微なり。唯感謝のほかなし　又飛龍の報道、新聞にのってゐた○○○○○（判読不可能）＞

そして日記にはそのあとに、小皿の油にひたした燈芯のスケッチがあり、

＜燈芯　これをお父さんが買ってゐらした。父は小さい時は皆これだったそうだ＞

とある。油は菜種油だったのではないか。ワープロに「とうかかんせい」と入力したら「当花冠生」と変換された。「灯火管制」なんて言葉を知っているものはもう還暦以上の高齢者ではないだろうか。夜間、敵の空襲に備えて明りが屋外に漏れないようにすることを言う。電灯のかさに黒い布をかぶせ、電灯の真下の畳を照らす光だけが頼りだった。その上、ちょくちょく停電があった。そんな夜、灯心にマッチで火をつけ、本を読んだ。

疎開した次の年の五月から通学をやめ、国の動員令で工場へ通勤するようになった。製粉工場で毎日自分の体重より重い小麦粉のかますを担いだりした。そして八月十五日がきた。工場前の庭に整列して、いうところの〝玉音放送〟を聞いた。祝詞をあげるような節回しと難しい

言い回しで、なんのことかさっぱり分からなかったが、終わって壇上に立った工場長がワッと泣き出しその涙声の話で、わたしたちはことの次第を知ったのだ。もう灯火管制もなく、灯心ともおさらばだった。光が戸外へあふれ、もうアメリカの爆撃機の来ない青い空を見上げた。そのうち、九州のどこかの海岸から上陸してくる連合軍を竹やりで迎え撃つのかなあとぼんやり思っていたのが急に目の前で未来が開けたのだ。わたしの世界はそれまでのモノクロームから突然カラーに変わった思いだった。

やがて中学校へ戻り、旧制専門学校へ進んだが、父親が急死し、母と四人の妹を抱えていたので、学校を中退しローソク屋に勤めることとなった。ローソクは当時払底していた。

夫婦でローソクを作っては売っていた。その家の庭に製造工場というより小屋があって、中に製造機が三台並んでいた。当時、占領軍が飲料の容器などに使用していた紙箱にパラフィン加工が施されていて、使用ずみのそれらを払い下げてもらい、台所で大鍋に入れて煮るとパラフィンが分離してこれがローソクの原料となった。ブリキ製の横長の四角い箱の上の面にたくさんの穴があいていて、そこにパラフィンの溶液をそそぎ込む。穴はローソクの形になっていて、その中心に上からまっすぐ降りてくるローソクの芯があり、箱の中は冷却用の水道水が始終流れていて、パラフィンが固まると下から押し上げて、ローソクの上下の芯をハサミで切り取れば出来上がりであった。

いつだったか、照明のプロがこんな話をしているのを聞いた。女の人を、照明を使ってどうやったら最も美しくみせることができるか、ということなのだが、ロマンチックな光をその人なりの角度からあてることによって、美しく見せることはできるが、それにもまして美しいのは、電気の光でなくローソクのあかりだという。なぜなら、女の人も、それをじっとみつめている男の人も、そしてローソクの火も、みんな同じ空気を吸って生きているからだ、というのだ。ローソク造りのアルバイトを経験したわたしには、格別心に残る話だった。

最後にもうひとつ、生きている灯りについて――。

先年、東アフリカへ行ったときのこと。鮮烈壮大な夕焼けが終わるとサバンナは海のようだった。満天の星で、月などは天体望遠鏡で覗くと眩しくてだめだという。それほどの明るさなのだ。教えられて南十字星を確認したが、その下にあるニセ十字星のほうが本物より明るいのにびっくりした。昼間の、遠さに馴れた目に星々が親しく感じられる。天上の星からずーっと地上へ視線を落としていくと、地上に並ぶ星の列につながった。その星々は瞬くことをしない。つまり獣たちの目だったのだ。アフリカの生きている灯りである。

かわさき・ひろし　詩人、作家。一九三〇年生。詩集「ビスケットの空カン」で高見順賞。方言の採集によって日本語再生にも尽力。

見えぬ眼の方の眼鏡の玉

宗　左近

虚があって実があり、実があって虚がある。しかも、近松門左衛門の言葉の通り、「虚実皮膜の間」にこそ、眞実の眞実、すなわち芸術の生命は生きている。

日野草城の名句がある。

春の灯や女は持たぬのどぼとけ

やわらかい春の灯。それは、電力のものか自然の仄明りか。二つが醸し出す、いわば透明な靄。そのなかに浮かび出ているのは、女性の顎の下から喉元までのしなやかなシルエットである。だが、それは実であるにすぎない。もう一つの虚が同時に浮かび出ている。それが、そこにはない男の「のどぼとけ」である。

その虚実二つながらを、「ああ」との声も洩らさせず、一瞬のうちに浮かびあがらせる。それこそが、「春の灯」なのである。決して夏の、秋の、冬の灯ではない。

以下、同じ作者の俳句を列挙する。

淡雪や昼を灯して鏡店

淡雪が降り続いている。その明るみの粒の連続が鏡店のなかすべての鏡の面に映っている。いや、静かに煌めいている。それが、仄暗い天と地の間に、そこだけの「昼を灯」している。鏡という文明の作品と雪という自然の作品が合体して、いわば灯りとなっている。

ふり仰ぐ黒き瞳やしゃぼん玉

しゃぼん玉に映っている恋人の「黒き瞳」が空に昇ってゆくのを、見ているのか。恋人の「黒き瞳」の映っているしゃぼん玉が空に昇ってゆくのを、見ているのか。どっちでもいい。どっちでもある。そして、そうであることの、その不思議と、その面白さ。

石鹼という文明の産物と「黒き瞳」という自然の作品が合体して、この魅力のある明るさを創り出しているのである。

初蚊帳のしみじみ青き逢瀬かな

今年はじめて引き出して吊る蚊帳の、その青さとその臭いの、そして、そのなかで抱きあう恋人の愛の、何という秘めやかな爽やかさ。これもまた文明と自然の合体がかもし出す幸せである。

ところてん煙の如く沈み居り

ぷりぷりと腰の強い白い透明列柱、ところてん。海草を材料とする光の軟体。それが「煙の如く」水中に沈んでいる。煙とは何か。火山の煙もあれば、工場の煙突の煙もある。文明も、自然も、煙をうむ。それなら、その煙の白さもまた、文明と自然の合体なのか、どうなのか。水中には立たないはずの煙の明るさのつくり出す意想外の天上感。虚と実の合体。それを捉える目の自在な力。

めつむれば却夏の天の大牡丹

瞑った目の奥から湧き出る始原の灼熱の天の、その奥から咲き出る大きな牡丹の煌き、眩《くるめ》き。それが、わたしの目の、いいえ身体の底から始まる暗黒を一挙に貫いて、赤く、また白く、爆けて光の花びらを散乱させるではないか。

外側の現《うつつ》が、ふいに内側の現に転化する。その時、光りでる乱反射のおののき。

宵闇に臥て金星に見まもらる

これは、眠くて横になっているのではない。病んで動けなくて天に向いあっているよりほかはないのである。そのまま、時が流れる。これから身をおくのは、限りない永遠のなか、つまり死のなかであるよりほかはないのであろうか。

そのとき、金星がその光を届けてくるのである。どこまでも見とどけてあげるよ、といっているのか。死もまたもう一つの生である、と告げてくれているのか。いずれにせよ、きみ、嘆くことはないだろうじゃないか、この宇宙がちゃんと抱きとってくれるのだから、といっているのである。

見えぬ眼の方の眼鏡の玉を拭く

一方の眼はもう視力が皆無。映像は、その上の眼鏡の玉に映るだけのこと。その下の眼には届かない。それなのに、その眼鏡の玉を拭くことをする。なぜ、なのか。眼とその見る対象との間を光の透明な運動の場、つまりは灯の通う空間にしておきたいからである。でも、どうして不必要な眼鏡の玉までも拭うのか。

闇への畏怖のせいである。あるいは、それを逆転しての、光への希求のせいである。人間は闇から生れて、また闇に呑まれていく。だが、その間のわずかな時間と空間がはかない生なのである。しかし、その闇への畏怖と光への希求は、混在し共存する。その双方を消滅させようとしながらも、なお消滅させたくないところに生まれるのが、たとえば春愁である。「虚実皮膜の間」の呼吸をよく心得た日野草城に次の優しい一句がある。

春愁を消せとたまひしキス一つ

そう・さこん　詩人。一九一九年生。詩集に「炎える母」（歴程賞）「縄文・正続」等。評論集に「宮澤賢治の謎」「日本美縄文の系譜」ほか。

徒労

松谷みよ子

考えてみたら、もう四十数年も前のことだった。しかし、まざまざとその夜の、その光景が記憶のひだにたたみこまれているのは、詩を書いたからであろう。

それは全くの徒労である
ぴしりとその言葉が私の前に並んだ
それは全くの徒労である
その言葉をくり返したとき
私のなかによじれていいたみにくいものが
ひとつずつ　ひとつずつ
落ちていった

古びたノートに残る、そのときの詩の一節である。

その夜は雨だった。冷たい雨がアスファルトをたたいていた。私のなかからよじれ、脱け落ちていくみにくいものは、ひかり、燦めていた。赤い宝石のように。

目をあげるとそこに、ムーラン・ルージュの大きな赤い風車が、ゆっくりとまわっていた。真赤な光の風車、いつからそれはまわっているのか。しずかに、しずかに、絶え間なく。

いま、この原稿を書くにあたって調べてみると、ムーラン・ルージュとはパリにあるミュージックホールで、赤い風車という意味。この名をとった小劇場が昭和六年、東京の新宿に建った。軽演劇を上演、第二次世界大戦終了まで、インテリ市民に親しまれた……、と辞典にはある。

雨の新宿にたたずんだあの夜、あれは敗戦後何年か経っている。まだムーラン・ルージュは演劇を上演していたのだろうか。私の乏しい知識ではさだかではないが、絶望的な状況におかれた若い娘の心に渦巻いていたみにくいものを、一つ、一つ、洗い落してくれたのは、あの真紅のネオンがちりばめられたムーラン・ルージュだった。まわりつづける赤い風車は、誰に見られることも期待せず、そのすがすがしさの故に、娘の絶望を救ってくれた。

そして歳月が流れ、たしかモスクワの人形劇であったか、ちいさなカンテラをもったふくろうが、木の洞につくられたエレベーターを、動かしているのに出会った。

その劇の中で、ふくろうは大した役も与えられず、点描のような存在で、それゆえに私の心の中にすみつづけた。

それは全く徒労であった。

繰り返し、心に浮かぶ言葉。

ふくろうのエレベーターは、もう一つの、ムーラン・ルージュとなった。

ふくろうが
森のおくの木の洞に
エレベーターをつくりました

真夜中
小さなカンテラをともし
ふくろうはエレベーターを運転します
ぶつぶつとつぶやきながら……

おのりのかたはおいそぎくださいうごきまあす
つぎは二階
通過しまあす
つぎは三階
おおりのかたはありませんか
四階　屋上でございまーす

けれど、ふくろうのエレベーターに乗るひとはなく、でも、チラチラとチラチラと、小さな灯りをゆらめかせながら、ひたすらエレベーターをうごかし、のぼったり、くだったりしているのである。

空しいですね、全くの徒労ですねといわれても、ふくろうは目をまるくし、しょぼつかせ、けれどやっぱり小さなカンテラに灯をともし、誰かを待ちつづけてエレベーターをうごかしているにちがいない。

考えてみると、ムーラン・ルージュの真赤な風車は、灯りであった。ふくろうのカンテラも、灯りであった。その二つの灯りがどこかで長い間、私を支えてくれていた。

いいんだよ、誰もみてくれなくても。いいんだよ、気がついてくれなくても。みまわせば、なんとたくさんの灯りが、私たちの世界を支えてくれていることであろう。

まつたに・みよこ　作家。一九二六年生。「龍の子太郎」で国際アンデルセン賞優良賞。「私のアンネ=フランク」「小説・捨てていく話」等。

風呂について書くならば

片岡義男

四歳から十二歳までの僕は、中国地方の瀬戸内に面した、ふたつの町で過ごした。この期間の前半の数年間は、祖父の家に祖父とともに住んだ。商家でもなければ農家でもない、だから町家の一種なのだが、なにを思いどのような方針で建てた家だったのか、いまもってよくわからない、たいへんに使い勝手の不便な、しかも大きな家だった。

潮の満ち引きとともに水位の上下する、すぐ近くで海とつながった川が家の前にあり、中庭の裏木戸を出るとそこは、あの中国山脈のおだやかな山裾の、いちばん手前の部分だった。海と山で遊びながら幼い子供が育つには、絶好と言っていい好ましい場所だった。

祖父が建てたその家は、あらゆる部分が不便に出来ていた。もっとも不便だったのは、おそらく台所だろう。キチンなどという言葉は、まったくあてはまらないし、台所ですら場違いな、かまどが三つに洗い場のある、広く暗い土間だった。

その次に使いにくかったのは、トイレットだ。中庭のいっぽうの端を山裾までのびている、納屋や物置そして作業場などがつらなった屋根の下の、いちばん遠い端にトイレットがあった。トイレットという言葉などまったくふさわしくない、ものの見事に厠であるそこへ、雨の日は番傘をさして中庭を歩き、幼い僕は用を足しにいっていた。

このトイレットのさらに向こうに、ひとつの独立した建物として、風呂場が隣接していた。土台、壁、屋根、かまどなど、すべて祖父がひとりで作った、五右衛門風呂だ。完成した時期は、いまから多少とも不正確に数えて、七十年ほど前のことではないか。

素人細工ではあったけれど、頑丈に出来た愛すべき風呂だった。かまどの上にあの大きくて重い鉄の釜を据えつけるのだから、はんぱな覚悟と腕では、とうてい作れるものではない。祖父はあらゆるものを自分ひとりで作り、修理する人だった。

石を積み重ねてコンクリートで固めたかまどと釜を中心に、おなじく石とコンクリートの洗い場や水桶など、必要にして充分なものが、ゆとりのある大きさで配置してあるだけの、素朴と言うなら充分に素朴、そして殺風景と呼ぶなら確かにそうでもある、不思議な風呂場だった。

この風呂場の管理と風呂を沸かす作業のすべてが、小学校一年生、二年生という年齢の僕にとっての、毎日の仕事になった。裏山からのごく小さな模型のような谷を流れる湧き水が、樋で風呂場の水槽に引き込んであった。冷たいきれいな水が、その大きな水槽に常に満ちていた。西瓜を冷やすのによく、夏は泥まみれ汗まみれで帰宅する僕にとって、体を洗ってたいそう気持ちのいい水でもあった。

この桶の水をバケツで五右衛門風呂に移していっぱいにし、外へ出てかまどの前に位置をとり、火を起こして薪や石炭を燃やし、釜の水を熱い湯にする。ぜんぶでちょうど一時間ほどかかる作業だった。管理はもっとたいへんだ。いつも細かく気を配り、いろんなことをしなければならない。幼い風呂屋の僕は、じつにさまざまなことを、直接の体験として学んだ。

この風呂は、いまにして思うと、電気とはいっさい無縁だった。電線を引けばそれでいいのだから、電球の明かりくらいすぐにつけることは出来たはずだが、祖父はそれをせず、明かりはずっと蠟燭だった。蠟燭を立てる台が石の壁に造りつけてあり、大小さまざまな蠟燭がそこには常にあった。かたわらには台所マッチの箱が置いてあった。マッチを擦って蠟燭に火をつけるのだ。

いま僕が住んでいる家の風呂は、天井も床も壁も浴槽も、そして混合栓やシャワーの器具、外にある湯沸器など、とにかくすべてのものが、電気なしではそもそも作ることすらできないものばかりで、構成されている。祖父があの五右衛門風呂を作ったとき、電気はいっさい必要としなかったはずだ。

五右衛門風呂を沸かすことに関して、いまでも僕はエキスパートだと思うが、いまの自宅の風呂で浴槽に湯を満たすには、お湯の栓をひねればそれでいい。電気があるかぎり、いつでも好きなときに、いっさいなにもせずに、適温の湯が浴槽に満ちる。

祖父が作った風呂を僕がひとりで引き受けていたときから現在まで、経過した時間はようやく半世紀だ。ひとりの人間のタイム・スケールでは、五十年という時間は確かに長いだろう。しかし風呂が、あの風呂からこの風呂まで、これほどに短い期間のなかで、空恐ろしいまでの激変をとげていいものだろうかと、いまの家で風呂に入るとき、しばしば僕は思う。

いまの自宅の風呂は、なにからなにまで、いっさいがっさい、すべて完璧に電気じかけだ。僕の家の風呂だけがそうなのではない。日本中どこへいっても、基本的にはおなじだ。五右衛門風呂を沸かしていた自分を、僕はどこへも失いたくないと思う。

かたおか・よしお　作家。一九四〇年生。「スローなブギにしてくれ」で野性時代新人賞。「東京少年」「日本語の外へ」等。

ランプ

出久根達郎

こんなことを言うと冗談と受け取られそうだが、私は十五歳で上京するまで、電灯というものは、あれは、夕方が来て暗くなれば、自然に点灯するのだとばかり思いこんでいた。人がスイッチをひねって点滅する、とは知らなかったのである。

昭和三十四年、今から四十年前の話だ。むろん私が住んでいた所は片田舎といえ、電気が引かれていた。明治の話ではない。そのころ走りだったテレビを購入する家も、何軒かあったほどだし、電気洗濯機を備える家だって、あった。これに電気冷蔵庫を加えて、「三種の神器」と称した。いずれも当時は高価な電気製品である。

ところが私の家だけ、電気が引かれていなかった。山の上の一軒家で、何でも隣り村の人が、老父母の隠居所に建てたらしい。ほぼ出来あがったころ、老親があいついで亡くなり、不用になった。

空き家のまま放ってあったのを、貧乏のどん底生活をしていた私の親が、格安の賃料で借りたのである。この家には電気はおろか、井戸もなかった。明かりは何とかなるにしても、水の出ない家を借りる両親の魂胆が理解できない。雨水でしのぐつもりだったのだろうか。結局、山麓の農家の井戸水をもらうことになったが、母は毎日、登りのきつい、じぐざぐの山道を、バケツを下げて何往復もしなければならなかった。

両親の安易なト居もさりながら、このような不便な場所に、老人の住まいを構えた人の気持ちが、今ひとつわからない。「うば捨て山」のつもりだったのだろうか。

それはともかく、電気が引かれていないので、わが家の明かりは石油ランプだった。

この一軒家に住みついたのは、私が五歳の時だが、小学校に上がるようになると、ランプのホヤ磨きが、私の日課となった。学校から帰ると、まずこれをやらされる。ホヤの内側の油煙を、ボロ切れで拭い、曇りを取る。子供の手は細いので、楽々とホヤに入る。明治時代、ランプ掃除が子供の役目だったのは、小さい手のせいかも知れない。面白い仕事ではなかったが、私には苦にならなかった。何しろランプはわが家の唯一の明かりであり、これが汚れていると、楽しみな読書が不自由である。そのため、せっせと、磨いた。

小学三年生になると、今度は石油を買いにやらされた。村の中心にある農協の売店に、一升びんを抱えて、買いに行く。月に二回くらい通った。

石油貯蔵所は売店から離れた場所にあり、女性事務員は私が現れると、露骨にいやな顔をした。石油タンクから一升びんに詰めるだけの作業だが、いかにも面倒くさそうだった。あとで手が石油くさくなるのが、いやだったのだろう。

「一斗缶で買えばよいのに」とぶつくさ文句を言った。「自転車を貸してあげるから、今度からそうしたら？　あんただって、びんは持ちにくいし、何度も来るの、いやでしょう？」

自転車で登れるような山道では、ないのである。石油の一升買いは、貧しいせいもあったが、重い荷物を抱えて上がると、死ぬ苦しみだからであった。この女性事務員はまもなく居なくなった。

かわりに高校を卒業したばかりの女性が、私を担当してくれた。この人はいつも笑顔で詰めてくれた。詰め終ると必ず布きれで、びんの口元やお尻を、ていねいに拭いてくれた。すべるから、とびんの首にシュロなわを巻きつけ、輪をこしらえてくれた。左手首を輪に入れて首を持ち、右手でびんの底を支える。こうすれば落とさないですむ、と自分で持って見せた。

「石油はね、大昔の大昔の、恐竜の脂なのよ」

「嘘だあ」

「本当よ」少女が真剣な顔をした。「あなた、本は好き?」

私はうなずいた。

「それじゃ学校の図書室で読んでごらんなさい。ちゃんと出ているから。読むわね?」

私はうなずいた。何だか、嬉しくなった。帰り道で、級友と会った。

「石油は大昔の恐竜の脂だよ。知ってた?」

「そんなこと、嘘だろう?」と信じない。

「すると、お前は恐竜の脂を抱えているわけ?　ちょっとにおいをかがせろよ」と鼻を寄せてきた。「恐竜くさいや」と言った。「これがお前の家の電気なんだろ?」

「そう」

「信じられないな。水みたいじゃないか。水が電気になって点るなんてなあ。今度、電気にしたところ見せてくれない?　夕方、行くよ」

早速その日の暮れに、やってきた。私はランプに点火して見せた。

「うちの電気より、よっぽど明るいや」と友だちが、はしゃいだ。

山上の一軒家で、周囲に光が全くないのだから、明るく感じたのも無理はなかった。

でくね・たつろう　作家。一九四四年生。「本のお口よごしですが」で講談社エッセイ賞、「佃島ふたり書房」で直木賞。「本の背中　本の顔」等。

幻灯機

清水哲男

「サンフランシスコ条約（対日講和条約）」が調印されたのは一九五一年（昭和二六年）だから、「太陽少年」という雑誌の組み立て付録に幻灯機がついたのは、その年の暮れのことだったろう。

なぜこんなややこしい思い出し方をするのかといえば、幻灯機のフィルム（といっても紙製だった）の一齣に調印の模様が写っていたからである。私は、中学一年だった。格別に政治に関心を持っていたわけではなく、子供向けの雑誌の付録にニュース写真があったことが珍しかったせいで覚えているのだ。吉田茂全権委員団主席の顔が、中央に大きく写っていた。

当時の少年雑誌は付録合戦を競っていて、すべて読者が厚紙を組み立てて作る仕様のものであったが、素朴な筆立ての類から幻灯機や蓄音機までと、にぎやかだった。本文よりも付録の魅力に釣られて買う読者のほうが、圧倒的に多かったろう。私もそのクチで、しかし家が貧乏だったから、新聞広告を見ては遠く離れた祖母に葉書を書いてねだって送ってもらっていた。幻灯機つきの「太陽少年」も、そうやって手に入れた一冊である。

で、首尾よく「太陽少年」を手に入れたところまではよかった。組み立ても簡単だった。が、間抜けなことに私は、幻灯機で映写するためには電灯が必要であることをすっかり忘れていたのである。我が家には、電気が来ていなかった。生活保護を受けており、ランプの灯で生活していた。信じられないかもしれないが、忘れていたのは本当のことだ。いまでも、そんなことがたまに起きる。パソコンのソフトを買ってきて、さてインストールしようというときに、機種が合わないことにはじめて気づいたりする。一瞬、目の前が真っ暗になる。手後れである。ひどく悲しい。

使えない幻灯機を前にして、しかし私は一方であきらめの悪い性質だから、電灯はなくても何かで代用できるのではないかと考えた。ランプでは無理だ。幻灯機が燃えてしまう。残された我が家の光源はといえば、懐中電灯しかない。早速、試してみた。幻灯機の背後に穴を開けて、そこから懐中電灯をさしこんでスイッチを入れたのだ。そうしたら、見事に写った。と思った次の瞬間には、絶望的な気持ちになってしまった。たしかに写ってはいるのだが、その映像たるや、朦朧としていて何がなんだかわからない代物なのである。そりゃ、そうだ。懐中電灯に使用されているレンズは光を散乱させるためのものだから、焦点を結ぶわけがない。これでも理科は得意だったのだが、試してみるまでその理屈に気がつかないというのも、やはり生来の間抜けと言うべきか。

でも、あきらめない少年は、次にはレンズを外してやってみた。しかし、今度も駄目だ。懐中電灯の豆電球では、光度が不足し過ぎているからである。投影しようとしている壁に幻灯機をくっつけんばかりに近づけても、ほとんど何も写らなかった。がっくり、である。そばで、小学四年の弟が見ていた。「なあんだ」という顔をした。猛烈に口惜しかったが、弟の手前、涙を見せるわけにもいかない。私は、泣きみそでもあった。

たいていの子供なら、このあたりであきらめるだろう。が、私は「もっと光を」と、光源を求めつづけた。でも、いくら我が家を見回しても、もはや種切れである。仕方がない。ついに、電灯のある友だちに頭を下げて見せてもらおうと決心しかかったとたんに、パッと閃いたのだった。そうか。うじうじと、いつまでも幻灯機に執着しているから見られないのだ。見たいのはフィルムの中身なのだから、それさえ見られればよいわけだ。

だったら、あるじゃないか、光源は。

その光源とは、太陽である。フィルムを陽にかざしてみると、小さいながらも映像は鮮やかに見えた。今度は、影絵の理屈で太陽光を透過させて白い紙に写してみた。ぼんやりとではあるが、白黒のそれらしい影ができている。後は簡単だ。この影に焦点を与えるためには、虫眼鏡で十分である。かくして私は、電灯のかわりに太陽を使って、吉田茂の顔をはっきりと見ることができたのだった。苦労して見たこの顔を、どうして忘れられようか。

電灯のある家に暮らしたのは、中学三年の春からだ。

高校に入ってから、親には内緒で、玩具屋で幻灯機を買ってきた。ブリキ製で、フィルムも本物だった。買ってきたその夜、勉強するフリをして遅くまで起きていて、こっそりと映写した。当たり前ながら、びっくりするほどクリアーに写った、壁に写った偽者のミッキー・マウスのへたくそな絵を見つめているうちに、涙がにじんできた。

しみず・てつお　詩人、評論家。一九三八年生。詩集「水甕座の水」でH氏賞。著書に「詩に踏まれた猫」「夕陽に赤い帆」等。

灯火管制

下重暁子

東京の飯倉片町にある小さなイタリー料理店。もう四十年以上同じ場所にある。一階は菓子等を扱い、二階と地下に四つか五つしかないテーブル、その上に長方形の布で覆った灯りが天井から下っている。紅や黄、青の無地の厚手の布。灯りはテーブルの上だけを照らし出す。

この空間に身を置くと落着いた。灯りが洩れず、テーブルを囲む私たちだけを他から遮ってくれた。私と同い年の恋人とはここで語り合い、料理を注文した。いつもは楽器の上をすべる繊細な指を繰りながら恋人は言った。

「もう少し指が太くなった方が、いい音が出るんだけど……」

私は、今のままでいいと思いながら黙っていた。

なぜこの空間が一番くつろげたのか。それは灯りを包む布にあった。私たちは、終戦時が小学校三年。疎開をして田舎に行くまでは、空襲警報の鳴るたびに灯を消し、ふだんでも夜は、灯火管制をして灯が外に洩れない工夫をしていた。

灯火管制とは、雨戸を閉め、電灯はすべて黒い布で包み、他に灯が散らばぬように下にだけ光が行くようにしたものである。黒い長方形の布をぶらさげた様子は、イタリー料理店の照明そっくり。

空襲にさらされる都会の夜。それぞれの家の中で、厚い布で遮られた下のわずかな灯りだけが、よりどころだった。小さな明るさの中だけで食事も、勉強も、会話もなされた。そして私にとっては欠かせない、体温計の熱を確かめることと、薬を飲むこと。

肺門淋巴腺炎にかかっていた私は、結核に移行せぬよう毎日熱をはかり、薬を飲まされていたのだ。お盆の上に乗った計温器と粉薬と水を入れたコップが、灯火管制下のわずかな明るさを占める。それが食後の私の日課だった。

毎日毎日、夜は黒い布で覆われた電灯の下だった。そこで父母は何を話し、私達兄弟はどうしていたのか、いまとなっては思い出すことは出来ないが、あの盆に乗った私の三種の神器だけが鮮やかに目に浮かぶ。

空襲という危険にさらされていたはずなのだが、灯火管制の中、黒い電灯の下での日々は決して悲惨ではない。むしろ甘やかな他人に邪魔されない時間が流れていたように思う。

人々は、それぞれの家庭で息をひそめて、自分たちの暮しを奪うものから身を守っていた。あの灯火管制の下では、家族の断絶などあり得ない。身を寄せ合って相手を気づかいお互いを見つめあっていた。

兄は、灯火管制の下でも教科書をひろげていたろうし、私も、宮沢賢治など、読み耽ったにちがいない。わずかな灯りを分け合いながら、家族の絆があった。

恋人は、音楽家である父から、習った部分を楽譜でなぞり灯火管制の下で控え目に弾いてみたという。大きな音を出すことは、はばかられた。

みなひっそりと、それぞれのわずかな灯りの下に集っていたのだ。

それにしても黒一色で包まれた灯りは淋しかった。ある時、私は、母の手箱の中から、紅い細かな絞りの布を見つけ出し、黒い布の上にかけてみた。急に華やいで、それから私は、様々な色の布を黒い布の上にかけ、灯火管制を黒一色から変えてしまった。

だから、イタリー料理店にはじめて行った時から、あの空間に馴染んだのだ。まもなく戦局は厳しさを加え、警報のたびに防空壕に避難する日々が続き、やがて家族はばらばらに疎開し、灯火管制の甘やかな時間は失われた。

私と恋人の時間も、イタリー料理店でひっそりとお互いを見つめあって過ぎて行った。ボーイも料理を運んでくると、そっと去って行った。帰り際、コートをかけて見送りながら「今日は何の映画を見ましたか」と話しかけるだけ。

長い才月が過ぎて、二人とも別々の暮しを持った。だがあのイタリー料理店は、今も健在である。そして灯火管制を思わせる赤や青や黄の長方形の厚い布。灯りがテーブルの上を照らしている光景も変わっていない。

先日久しぶりにその店で食事をする機会があった。終って出ようとすると、白髪のボーイが言った。

「今日は何の映画を見ましたか」

すっかり年をとってはいるが、あのボーイだった。

しもじゅう・あきこ　作家、エッセイスト。一九三六年生。
著書に「純愛―エセルと陸奥廣吉」「銅の女」「蜃気楼」等。
元ＮＨＫアナウンサー。

街灯

山本昌代

十代から二十代半ばまで、家族といっしょに横浜の郊外に住んでいた。

街路樹に白樺が使われたりして、落ち着いた佇いの住宅地だった。

私たちの入ったのは新築の団地で、十数棟の揃いの建物が行儀よく並んでいた。白樺は団地の間を走る道路の両脇に植えられていた。

各棟の間には芝が整い、すぐ近くに広がる大規模な団地群と、名称もデザインも別だが、一続きに見えた。

団地内は夜、街灯も明るく、バス通りと呼ばれる道路を隅々まで照らした。

中高生の頃、週二、三度、拳法の道場に通っていた。帰りは遅い時で十一時を回った。稽古が終わった後、道場で遊んでいたからだ。床のモップがけを手伝うこともあった。掃除というより、モップを引きずって走り回ったり、ふざけている方が多かった。

二百人は下らない拳士のうち、女子は十人もおらず、男子は小学生から社会人まで、職業も幅広かった。高校、大学といった学生より大人が多かった。

道場で汗を流しても、まだ元気があり余っていたらしく、夜中、団地の近くを走った。こちらは相手もなく、ひとり黙々と走り、疲れたり嫌になり出すと、散歩に切り替えた。

午前一時や二時という時間、毎日続けて、恐ろしい目にも遭わなかったのは、団地内の街灯が煌々と明るかったためだ。

白樺の並ぶ歩道と、ガードレールで仕切られた車道は、行き違う人の顔まではっきり見えるほど明るかった。もっとも時間が時間だけに、滅多に人に出食わさなかった。通る車も大型車よりタクシーなどの方が多かった。

遠くに見えるなだらかな山は真っ黒い闇の塊だ。バス通りの向こうは暗く、見通しが利かない。小高い丘の上の工業高校は、黒い四角に変わって音もない。

ジョギングコースにあてたのは主に街灯の明るい通りだ。団地の敷地はそう広くない。同じところを何周かした。

バスストップから、小ぢんまりとした商店街を見ると、そのあたりは街灯の種類も違うらしく、頼りなげに暗かった。

商店街といっても店舗の数は数えるほどで、通り抜けて山の方向に歩くと、山裾に添うように伸びる道路へ出る。そこを左に曲がり、下り坂を行き、それから上り坂を上り切ると、父子の経営する医院に着く。

父親は内科医、息子は歯科医、建物は別だが隣り合っている。

どちらの医師も応対が穏やかなので、風邪をひけば注射をしてもらいに、歯科の検診には定期的に通った。

家から徒歩で二十分ほどの距離だが、途中は交通が激しい分、空気が悪い。排気ガスのせいか、曇った日ばかりに往き来した覚えがある。楽しい時医者に行く者もないから、空が心を映したのだろう。

下り坂が終わり、上り坂の始まるまでの間、静かな一本の道が奥へ引っ込むように続いていた。五十メートルはあったかと思う。突きあたりは寺の門だった。

医院へ行く時、必ずその門を横目で眺めたものだ。何も考えずに歩いてそこに差し掛かると、決まって寺の方を見、復りは同じ場所で別のものを見た。

通りと参道の交わるところに、小学生くらいの少年が手をあげて立っていた。胸に〝手をあげて渡ろう〟と書いてある。トタン板で作った人形だ。敷石というか支えの台ばかりどっしりと重そうで、人形はかすかに傾いている。参道の端に置かれているため、往きには気づかない。楽し気に口を開いて笑っている。もうずいぶん長くここにいるらしい。錆が出て雨に打たれ、を繰り返したのだろう、赤い筋が顔一面に垂れている。脳天を割られて、血がしたたっているようだ。

医院から戻るのが少し遅くなると、人形のちょうど真上にあった街灯が灯り、顔はおどろおどろしく薄明りの中に浮かび上がった。

手をあげて渡ろうよと呼びかける少年が、手をあげて血まみれのまま立っているのが、通る度に無気味にもおかしくも思われた。

血に染まっていると見えたのは、私だけなのかも知れなかった。なぜなら人形は初めてそこにあると気づいた時、既に十分古びて錆だらけだったし、その後十年余り私がその街に住み続けた間、変わりなく寺の参道の入り口で、手をあげて笑っていたからだ。不吉と感じる人が多ければ、とり除かれたはずである。

内科の医院はもう閉められて久しい、と最近聞いた。医師は御隠居になったそうだ。

今でも街灯に目がとまると、あの少年を思い出す。

やまもと・まさよ　作家。一九六〇年生。著書に「イギリス通信」「ウィスキーボンボン」「魔女」等。

「灯火管制」と平和の灯り

赤瀬川隼

六畳の茶の間に、家族八人が集まっている。ただ集まっているだけでなく、天井の中央から低く垂れ下がった一個の電灯の下で、卓台に身を寄せて額を集めているのだった。多分僕は、そこで探偵小説か何かを読んでいただろう。

電灯の傘の上から横の周囲にかけてはすっぽりと、ごわごわした真っ黒な紙で覆われている。光が届くのはその真下の狭い範囲だ。そこ以外は家中を真っ暗にしておかなければならない。

警戒警報発令下の灯火管制——警戒警報とは、敵の飛行機の影が探知され、まもなく上空に飛来して爆弾を落とすかもしれないから気をつけろという警報である。サイレンが鳴り響き、ラジオは番組を中断してアナウンサーが「何々地区に警戒警報発令」と、声高に告げる。そうなると各家庭は、夜であれば一斉にこのような「灯火管制」の態勢に入る。敵機がよそに飛んで行ってしまったとわかると警報は解除されるが、いよいよその地区の上空に近付いたとなると、短いサイレンが三回ほど続けて鳴って状況の緊迫を告げ、警戒警報が空襲警報に切替わる。皆、即座に防空頭巾をかぶって電灯を消し、庭に掘ってある防空壕に待避する。

戦争末期の一九四五年、昭和二十年は、八月十五日に終戦となるまで、一家団欒の夜は、しばしばそういう夜に変った。当時、僕の家族は大分市に住み、僕は中学二年生になっていた。これが東京や大阪などの大都市、あるいは京浜や北九州などの重工業地帯であれば、警戒警報や空襲警報の頻度は大分の比ではなかっただろう。ところで今思うと、あの灯火管制は本当に効果があったのかどうか疑問である。電灯に黒い紙をかぶせただけのことで、都市の灯りが上空にまったく洩れないなど考えられないし、それよりも何よりも、アメリカ空軍はレーダーなど当時としては最新のハイテク機器を搭載して夜間攻撃を仕掛けてきただろうから、目標地帯の位置など真っ暗でも手に取るようにわかっただろう。

さて、大分市は川を隔てて海軍の飛行場や工廠があったから、敵機はよく襲来したが、市街地が集中的にやられたのは七月十八日未明のことだ。B29の大編隊が襲来して焼夷弾による無差別爆撃をおこない、市の中心部は一面灰燼に帰した。結果としては、それからひと月足らずで日本が降伏し戦争が終わったのである。

平和が甦り、灯火管制から解放された家々から電灯の光が洩れ始めた。戦争協力のためにほとんど無一物になっていた庶民の家庭にとって、その光こそは平和の証しだった。夜空に飛行機の爆音がしても、もう電灯を消す必要がない。

ところがそれも束の間、今度は、いくらスイッチをひねっても電気のつかない夜が断続的にやってきたのである。事故による停電ではない。計画的な停電である。

ほうぼうの発電所が空襲で手痛い被害を受けた。その復旧までの電力制限だとの説明があったが、いちばんの要因は、第一にアメリカ占領軍の諸設備、次に基幹工業への優先供給であったろう。一般家庭へのその電力供給制限は、どのくらいの期間続いたか憶えていないが、たしか一日おきに停電だったと思う。せめてもの救いは、一般の家庭で電力を必要とするのは、当時はまだ電灯とラジオぐらいで、炊事・洗濯・掃除から何から電気器具には頼っていなかったことだろう。

中学生にとって困ったのは、学期末試験や中間試験の時期だった。ろうそくもあまり手に入らないし、試験勉強ができない。そのうちに友達の間に伝わったのは、「警察署と駅には停電がない」ということだった。

民主主義が建前となった警察署は中学生の願いに応えてくれた。大分警察署の二階の間仕切りを取っ払って机や椅子を並べ、大勢の中学生のために広びろとした自習室を用意してくれたのである。僕らはまさに「光を求めて」警察署をめざした。百人ぐらいはいたと思うが、無駄口一つ聞こえてこず、教科書やノートをめくる音や鉛筆を走らせる音だけが夜のしじまに伝わる。一刻も惜しいのだった。もし先生がその真摯な姿を見たら、「学校の昼間の教室でもそういう態度でいてくれよ」と言ったに違いない。

警官はめったに姿を見せなかった。たまに回ってきても、机にうつぶせて眠り込んでいる学生の肩を叩き「風邪をひくぞ」と言うぐらい。そしてわれわれの頭上には、家の電球よりはるかに明るいいくつもの裸電球が、宝石のように輝いていた。あのとき、電球は宝石そのものだった。駅でもそうだった。

あれからいくらも経たぬうち、一九五〇年代、六〇年代になるにつれ、学生と警察は一般的に仲が悪くなる。今思い出すと、大分警察署でのあの夜の情景がほほえましくなる。すさんではいたが、一方で全体に「光乏しくば分かち合え」とでもいう心のゆとりがあった。

あかせがわ・しゅん　作家。一九三一年生。「球は転々宇宙間」で吉川英治文学新人賞、「白球残映」で直木賞。「潮もかなひぬ」「王国燃ゆ」等。

停電退治

久間十義

新ミレニアムを迎えて、私は現在四十六歳。その中年男が三十代、いや、四十歳代でも初めの年齢の人々に、懐かしさにかられて子供の頃の〝停電〟について語ろうとしても、ほとんど話が通じない。「何ですか、それは?」と、慇懃に鼻白まれるだけである。

だが、子供時分の〝停電〟は面白かった。非常に面白かった。

年配の方々にとっては当たり前すぎる話になるが、大雨や強風、そしてそれらが合体した台風がやってくると、どうしてか判らないが、当時は必ず〝停電〟が起こったのである。そしてそうなるとテレビもラジオも電灯も使えない。頼りになるのはロウソクだけ。

ちょっと待って。トランジスタ・ラジオがあったでしょう? と訊かれても、確かにあるにはあったが、それはけっこう高価なもの。普通の家には例の箱型の真空管ラジオが、茶ダンスや棚の上に鎮座ましましていたんです、と私は年下の彼や彼女に真面目くさって答えることにしている。

ほんとうを言うと、そんな気がするだけで、実際には各家庭に一台くらいは乾電池で動くトランジスタ・ラジオがあったのかも知れない。でも、私の記憶ではラジオは常に、正しく、真空管だ。

その真空管ラジオが《臨時ニュースを申し上げます、臨時ニュースを申し上げます》の声も高らかに、ブラック・デビルや髑髏仮面といった悪者の出没を告げる、というのが当時、小学校の低学年だった私の脳裏にぬぐいがたく刻印された思い出なのである。

これらの悪役がすぐに『少年ジェット』や『月光仮面』の登場人物だと判るのは、たぶんある世代だけ。私の同学年と前後合わせて一〇年くらいの、昭和二〇年半ばから三〇年の前半くらいまで生まれの歳の人間だろう。〃停電〃は、要はそんなテレビ世代のはしりだった私にとって、なかなかなスリリングなイベントだったということだ。

電気が切れれば、それまで見ていた『隠密剣士』とか『ナショナルキッド』が見られなくなるどころか、家中は真っ暗。しかも外はどしゃぶりの大雨。屋根板をひっぺがすような風がビュウビュウと吹き、ときには雷が鳴って世界は一変。家の中にだって怖くてじっとしていられない。ひょっとすると次の朝あたりは浜辺に水死体などが揚がっているかも知れないのである。

もっともこの思いは、私の父親が当時、北海道の田舎町で電気工事業を営んでいて、電力会社の委託で〃停電〃が起こったときには、彼の下で働いている若い人たちを連れて、復旧に出動しなければいけなかったこととも、幾分かは関係しているに違いない。

つまり嵐の中をものともせず、カッパにヘルメット、電工靴の完全防備で「すわ、鎌倉」と、父親が得たいの知れぬ強敵である停電退治に敢然と出陣するのである。銃後の守りを固めねばならぬ母親ともども、幼い私は興奮し、ひょっとしてお父さんはこの台風の中の仕事で、ひどい事故にあうのではないか？　雷や大水にあって死んでしまうのではないか？　などと、詮無いことまで心配したのである。だからこそ、〃停電〃の怖さというか、面白みはいや増しに倍加した。

何だか随分と性格の悪い子供だった、と思われるかも知れない。だが、この面白みはしかし、起こってはならない大火事や地震などの大災害に、なぜか胸が高鳴りワクワクする、あの非日常時の昂揚感と通じている。幼かった私は、大袈裟にいえば父親の死の危険と隣り合わせの〃停電〃の非日常に酔いしれていたのである。

だからかどうか、現在、中年真っ盛りとなった私は、そのような心の昂ぶりをとんと覚えない。小学校四年になる一人息子がときどき本気で心配するらしい男親（つまり私）の事故や、突発的事件に対しても、ずいぶんと鈍感な反応しかできない。

いや、ただ一つ。何か大変なことが起こりそうだ、すごい惨事が起これば面白い――と、自分だけはそれに巻き込まれないつもりで、期待した災厄があるにはあった。例のY2K問題である。

コンピュータがクラッシュし、ミサイルが発射されずとも、電気・ガス・水道・通信をはじめとしたライフラインがずたずたになる。子供の頃のあの恐怖と手をとりあった興奮がまたぞろやってくる、と密かに、久しぶりに私はそれに期待したのだが……。

もちろん、そんな災厄は起こらないほうがいいに決まっている。時計の針が十二時を回ったそのとき、私は何だかアテがはずれたような、けれど、それでも充分に有り難いようなおかしな気分になって、Y2K対策で大量に用意したペットボトルの水を酔いざましにがぶ飲みした。そして、さて今年もどうにか親子が生き延びた新年のご挨拶を――、と北海道に息災な老父に電話をかけたのだった。

ひさま・じゅうぎ　作家。一九五三年生。「マネーゲーム」で文藝賞佳作、「世紀末鯨鯢記」で三島由紀夫賞。「刑事たちの夏」等。

象徴としての電気スタンド

長部日出雄

いまの若い人たちにとって、電気スタンドというものは、どんな風に意識されているのだろう。小学生のころから机の上にあるに決まっていて、とくに意識したことすらないのではなかろうか。

およそ半世紀まえ――。

現在はどの家にもある電化製品やテレビが、まだ影も形もなかったころ、本州北端に近い小都市の高校生だったぼくにとって、それはまさに光り輝く文明の利器であり、学生の三種の神器のひとつともいうべきものであった。

日本中が貧しかった当時、電気スタンドの明かりで勉強していた高校生は、どれくらいいたのだろう。少なくともぼくは持っておらず、部屋の天井からぶら下がる電灯の下におかれた（炭火の）炬燵の上に本をひろげて、間近に迫った大学の受験勉強をしていた。

運よく受かって、東京に下宿することになったら、なにをおいてもまず、電気スタンドを買わなければならない。

学生の三種の神器とは、ほかに万年筆と机である。万年筆は、高校の卒業祝や大学の入学祝、あるいは就職祝として、人気抜群の定番――という言葉はもちろんまだ一般的には遣われていなかったが――であった。だから学生の多くは、それを誇らしげに学生服の胸ポケットに差していたものだ。

応援団以外の大学生は、めったに学生服を着なくなり、筆記具もボールペンや水性ペンが主流になったのと同様に、あのころぼくが憧れていた形状の電気スタンドは、ほとんど店頭から消えてしまった。

アルミのお椀のような笠の首の部分に、電球が差し込まれ、蛇状に曲がるアルミの柱と台がついたものである。実用一点張りの機能的なその形が、今日でいうと最新型のノートパソコンのようにかっこよく――という言葉もまだなかったが――見えた。

あまりにも大袈裟にすぎる比喩とおもわれるだろうが、あのアルミ製の電気スタンドは、確かに「学問」や「文化」を象徴するもののように感じられていたのだ。

すでに社会に出て、結婚適齢期――という言葉がそのころはあった――を迎えた男女にとって、電気スタンドは「新婚」や「家庭」を象徴するものだった。

ラジオ屋と呼ばれた電器店のショーウィンドーには、最高の人気商品ラジオに並ぶ花形商品として、縁飾りのついたピンクの布製のシェードや、薔薇の花や西洋の湖畔の古城などを描いた紙製の笠をかぶった電気スタンドが、目立つ場所に幾つも飾られて、道行く若い女性の憧れを誘っていた。

かりに六畳一間の貸間で始められる貧しい結婚生活であっても、二人の寝床の枕元にそうした最新流行の電気スタンドがひとつ置かれていれば、そこはたちまちロマンチックで文化的な「新婚家庭」の雰囲気を漂わせたに相違ないのである。

電気スタンドに関して、いちばん大きな思い出は、こちらが国民学校（小学校）の生徒だったときの話だ。

工業学校の電気科へ行っていた兄が、把手のついた陶製の壷型の容器に入っているスコッチウィスキー「キング・オブ・キングス」の空瓶を柱と台の部分に利用して、手製の洒落た電気スタンドを作った。

地方新聞の記者だった父親の死後、母親が女手ひとつで五人の子供を育てるため、カフェーという水商売を営んでいたので、そんな瓶が家のなかにあったのだ。

たまたまそれを見たある人が、こういうものを素人が勝手に作って使ってはいけない、ちゃんと配電会社で検査を受けて、許可をもらわなければだめだ、と教えてくれた。たぶん漏電などの危険を防ぐためであったのだろう。検査を受けに、ぼくも一緒について行くと、配電会社の人は、壷型の容器の胴に記された横文字を指して、兄に聞いた。

「これはどういう意味だ」

「たぶん……なかに入っていた外国のウィスキーの名前だとおもいます」

「どこのウィスキーだ」

「さあ……」

検査の結果は、不合格だった。

理由は判然としなかったのだけれど、あとになって考えてみれば、アメリカやイギリスを相手に始めた大戦が、二年目に入っていたころだから、横文字のウィスキーの瓶を電気スタンドの台にすること自体、もってのほかの不埒な考えと取られたのかもしれない。

ぼく自身、記憶に鮮明に残っていた陶製の容器が「キング・オブ・キングス」のものと知ったのは、ずっと後年のことだ。

時代や環境の変化によって、電気スタンドはさまざまに印象を変える。まるでひとつひとつの時代の空気を象徴するかのように――。

そしてそれ自体はつねに変わらず、机上や部屋の一画を照らすという役割を、確実に果たしつづけている。

おさべ・ひでお　作家。一九三四年生。「津軽世去れ節」「津軽じょんがら節」で直木賞、「鬼が来た―棟方志功伝」で芸術選奨文部大臣賞。

電気毛布のありがたみ

小林恭二

大学時代、わたしは目黒の中央町というところに下宿していた。中央町と言っても、東横線の祐天寺と学芸大学の中間にある、まことにぱっとしないところで、たまたま目黒区役所があったせいで、中央町などという晴れがましい名を頂いたが、本来なら辺境町とつけた方が似つかわしいような町だった。

そのぱっとしない中央町の中でも、わたしは更にぱっとしないところに下宿していた。かつては立派な邸だったらしいが、今はその面影もないほど荒れ果てた屋敷の、離れ風の応接間に住んでいた。

当時、わたしは大学二年生で将来のために何をしていいかわからず、ひどく陰鬱な気分だった。この気分に合っていると思って借りたのだが、それにしたって酷い家だった。門は壊れ、玄関は封鎖され、家の中は荒れ放題、出入りは庭からする。庭はもとより荒れ庭、夏ともなると子供の背丈ほどもある雑草は生い茂る。

しかもである。下宿してから三日で事件が起こった。その日部屋から出ようとすると、どうもうまく扉が開かない。これを無理に開けると、扉の向こうに布が張られている。これをめくって外に出てわたしは仰天した。なんとそこは葬式の真っ最中だったのだ。部屋の前にかけられていたのは、鯨幕だった。パジャマ姿のわたしは、それとわかると部屋に逃げ帰った。部屋でじっとしていると、大家の弟がやってきて、大家が死んだことを告げた。脳溢血だという。折詰めと日本酒の二合瓶を置いていった。

大家が死んで十日ほどして、また事件が起こった。朝目覚めて目を開けても、まるで眼前に幕がかかったかのごとく何も見えないのである。焦ってがばりと体を起こすと、何かが破れた感触があり、急に明るくなった。

なんと天井に塗られていた漆喰が、すべておっこちてきたのだ。漆喰の厚さは三ミリか四ミリであり、寝ていて怪我をするというほどのものではなかったが、それにしたってあたり一面真っ白である。わたしは呆気にとられてこの光景を眺めていた。

今なら嫌気がさすところだが、そこはやはり若さの御利益だろう、結構この事態をわたしは楽しんでいた。

すぐに冬が訪れた。

本当に困ったのはこちらの方だ。先に述べたように、わたしは応接間に住んでいたのだが、もともと応接間などというものは、人が住むようにはできていない。畳を入れてなんとか体裁を調えていたが、天井が高すぎて吹き抜けのホールで暮らしているような気分だった。

夏はそれでも涼しいからいいが、冬は地獄となる。地面の広さは八畳分だが、空間は並の八畳間の倍はある。そこにある暖房機具は、小さな電気ストーブと炬燵のみ。屋敷は築五十年。歪みは随所に出ており、隙間風はぴゅーぴゅー吹き込む。家の中というより、野宿しているという方が近かった。

そんな具合であるから、到底尋常なことでは寝られない。わたしはありったけの蒲団を重ねて寝た。

ところがこれには問題がある。蒲団が多いとその重みで暖がとれるが、夜半あまりの重さにはねとばしてしまうのである。するともう寒さを防いでくれるものは何もなくなり、体は凍るばかりとなる。ここでようやく起き出して蒲団をかけ直すのであるが、その重みに耐えかねてまたはねとばしてしまう。また体が凍る。また起きて直す。

一冬目にして早くもわたしはひどい風邪をひいた。回りには誰一人として助けてくれそうな人はいない。這うようにして薬局に行き、風邪薬と体温計を買ってくる。熱をはかると四十度。多分肺炎になりかかっていたと思う。

このときは知人の家にタクシーで駆け込んでなんとか助かったが、以来冬は恐怖の季節になった。そもそも外食ばかりで栄養が偏り、ただでさえ風邪に対する抵抗力が低下しているのである。

炬燵に足を突っ込んで寝るというのもやってみたが、あれはあれで妙に体が熱せられて苦しい。そんな冬を二シーズン送って、もう耐えられないと思っていたところ、友人から電気毛布がいいという話を聞いた。清水の舞台から飛び降りる思いでこれを買った。

そうしたら暖かかったのだ。これが。その夜わたしは涙が出るほどの幸福感に浸って眠りについた。たったこれだけのことで幸せになれる人間とは何なのだとも思った。

学生時代というのは万事不如意で、我ながら不充足の塊だった。いつも心は暗く澱み、何に対しても満足できなかった。それだけにちょっとしたことがひどく嬉しかったりしたが、電気毛布はその中の最たるものだった。今でも電気毛布を見るとあの幸せな感じが蘇る。他愛ないと言えばまことに他愛がないのだが。

こばやし・きょうじ　作家。一九五七年生。「電話男」で海燕新人文学賞。「カブキの日」で三島由紀夫賞。「ゼウスガーデン衰亡史」「父」「モンスターフルーツの熟れる日」等。

電気がありがたく感じたころ

田沼武能

ひとことで言って、なにも食べるものがなかった。一九四五年、すなわち終戦後のあの時代である。

食糧は配給制度になっていたが、それも大豆かすなど腹がふくれるだけというのもあった。配給だけに頼っていては生きていけないから、いわゆるヤミ米やヤミ小麦粉などを手に入れるのにだれもが必死であった。

そんな時代、戦後二年たったころだったか、「電気パン焼き器」なるものが登場した。登場といっても市販されたのではなく、自分たちで作るのである。私も口こみで聞き、作ったのである。今のような高性能な機械ではない。

原理も構造も簡単であって、まずは長方形の底なしの箱をこしらえ、底板はつけはずしができるようにしておく。四角の枠の長辺の両面内側にブリキを貼りつける。そこに電線の両極をそれぞれにつなぐ。もうこれで出来上りなのだ。小麦粉を水でとき、ふくらし粉を入れて枠の中に流し込んで、電流を通す。すき腹をかかえてながめるうちに、ブクブクといい出して、ほどなくパンのできあがりである。いま食べているものとは違い素朴なものなのだが、あまさず食べる喜びにひたることができた。誰が考案したのか、できあがると自然に電気が通じなくなり、焼きこげることもなかった。

ところがである。あの頃は、電気事情もまた乏しかった。夕刻からは家族がいっせいに電気を使いだす。電圧が下がるので、電球の光もやせおとろえた光になり、電気パン焼き器も電圧不足で半焼けになってしまう。もっとも怖いのは停電で、あたりまえの話だが電気が止まれば生焼けで、もう食べられない。再び通電してもパンへの復活は不可能になる。

そのときの悲しいこと悲しいこと。やっとのことで手に入れた小麦粉なのに、そしてなにより、目の前で食べるものがなくなってしまうのである。電気がほしい！と、叫びたい気持ちだった。

その後、日本は電気があって当たり前の社会に発展していった。

一九七〇年代に、フィリピンに撮影に行ったとき、近代都市のそのマニラに台風が直撃した。仕事先の企業のビルを訪ねると、玄関に人がいっぱいたむろしている。かきわけてエレベーターに乗ろうとしたら動かない。停電なのだ。六階の事務室まで階段を登ると、社員の人たちが仕事にならないとうろうろしている。電話は通じない。空調は止まって蒸し風呂同様、立っているだけで汗がだらだら流れる。いちばん困ったのは、ポンプが動かないので水が出ないことだった。人間生活に不可欠な水洗トイレが使えない。どうなるかは説明するまでもないだろう。そんな混乱が二日間続いた。当時は自家発電設備が整備されていなかったためなのだ。

仕事がら私は、世界の途上国をよく訪ねる。電気も水道もない地域も多いのだが、ある国の山村の宿に電灯がついていた。電気がここまで届いてきたかと、カメラのバッテリーのチャージをセットして寝て、朝起きるとまったく充電されていない。経済的事情で夜の二時間ほどしか発電機を稼働できないのだと教えられた。

日ごろ気にもしない電気だが、電気がなくなったとき、近代人の日常生活がなりたたないことを、途上国で思い知らされる。「元気いっぱい」で生きていくには、「電気いっぱい」が必要条件なのだ。

あの電気パン焼き器から今日のコンピューター社会までを、ながめればながめるほど、電気の生む文化とは何かを深く考えずにはいられない。

たぬま・たけよし　写真家。一九二九年生。写真集「地球星の子どもたち」「文士」「東京の中の江戸」等。菊池寛賞等、受賞多数。

光を飲んだ芝生

青野　聡

高校では部員が少ないからすぐに試合にでられるといわれてアメリカン・フットボールのクラブに入った。十一人いなければチームにならないのに、練習にくるのは七、八人で、声をだしてグラウンドを走り、試合にどう役立つのかわからないままに、パスやタックルやセービングをくりかえした。やがて早慶戦である。この当時はアメリカン・フットボールは人気のないスポーツで、相手は慶応しかいなかった。日が近づいてくると、ラグビー部やハンドボール部や水泳部の落ちこぼれが集まってきて練習はにぎやかになった。チームの体裁も整って、戦う集団らしくなった。

大敗だった。勝負である以上はどちらかが負ける、したがって敗者は敗者なりにゲームをつくった……。そういう理屈が通じない、力の差に唖然とするばかりの敗北で、悔しいとはだれもおもわなかった。それでも練習は続けた。ユニフォームを着たのはその一回だけで春は終わり、夏は運動部らしく合宿した。そして秋がきた。夜になると空気が冷たくなる時期になって、やっと試合ができることになった。キャプテンが突然いうのである。

「来週の土曜は試合だぞ」

だいたい一週間前だった。コーチがグラウンドにくるようになって、大急ぎで運動部崩れを集めてフォーメーションの練習をした。問題はどこと試合をやるのかだ。

「米軍だ、バスが高田馬場に迎えにくる」

コーチもキャプテンも口数が少ない。下級生にたいしてはとくに言葉を節約する。われわれはふしぎなくらい反応を表にださなかった。横浜の基地から米軍の草色のバスが迎えにきて、それに乗っていって基地のなかで、基地で暮らす少年たちと闘うということ。そこまで行動がはっきりしているのに、小さいころから別世界のものとおもってみてきた、米軍の子供らを学校に運ぶあの草色のバスに乗っていくということで、頭がしびれてなにも想像できなかった。

夕暮れに出発した。すぐに暗くなった。横浜のにぎやかな明かりを突っきって暗闇に吸いこまれ、そのあとで遠くにみえてきた。三渓園にあった米軍のグラウンドのナイターの明かりが。短く、われわれは声をあげた。その光の天体に、ゲートを通過して近づいていったときの緊張した心の状態を、いまはもうおもいだすことができない。道がゆったりと広く、家と家は校庭が入ってしまうくらい離れていて、のびのびと秩序だった空間は、日常の世界とはまるでちがった。

驚きの中心は、それらを細部にわたって見せてくれるナイターの明かりである。こんなにも明るい照明のもとに立ったことはなかったから、昼間よりも明るい、という表現がおかしく聞こえなかった。われわれはグラウンドのすぐわきの更衣室に案内され、ラグビー部崩れのひょうきん者が笑いを誘おうとして、一生懸命になってくだけた話をするのを聞きながら着替えた。するとグラウンドで練習している相手チームの様子をみに窓辺にいった一人がいった。

「おい、グラウンドが盛りあがってみえるぞ、気のせいだよな?」

そのとおりだった。金網が張られた窓にぴたっとついてグラウンドをみると、芝がわれわれの膝の高さぐらいから生えているようにみえる。もっといえばウサギかなにかになって穴のなかから頭だけだしてみている感じだった。萎縮していたのはたしかだが、そのせいではなかった。芝の緑がみごとなところへもってきて、照明が明るすぎた。贅沢にふりそそぐ光を飲んで、緑がふくらんだのである。そこを上が青で、下が白い、大きな背番号が鮮やかなユニフォームを着たアメリカの少年たちが、縦横に走りまわっていた。われわれのユニフォームは小さな背番号の臙脂色が、まわりににじんだ洗いざらしだった。

「よし、いこう!」

われわれはその盛りあがってみえるグラウンドに、右のわきばらにヘルメットを抱いて、一列になって走りでた。観客席にいるのは米軍の家族だ。拍手を聞き、メンバーを発表する本場の英語を聞き、きっかり十一人のわれわれは、ヘルメットをサイドラインにそって一列にならべて体操をはじめた。もっとも輝かしい時だった。大敗という言い方もあてはまらない惨めな結果から切りはなされて、光の天体としてその時は浮かんでいる。

あおの・そう　作家。一九四三年生。「愚者の夜」で芥川賞。「母よ」「人間のいとなみ」「翼が生える位置」等。

ローソクの後継者

鹿島　茂

フランスに初めて行ったとき、ホテルの部屋の暗さに閉口した。日本のホテルの明るさになれた目には、間接照明でうすぼんやりと照らされているだけの部屋がなんとも心もとなく思えた。そこで、ランプ・シェードを全部はずし、かろうじて我慢できる明るさを確保したが、電球それ自体のルックスが低いので、裸電球にしてもたいして明るくはならない。

そのときにふと気づいたのは、この間接照明というのは、ローソクが進化したものだということである。何百年ものあいだ、ローソクの明るさに親しんだフランス人は、眼球の構造がローソクの照度に適応してしまっていたので、エジソン型の電球が出現したとき、これを異常にまぶしい光源だと感じたにちがいない。

そこから、電球の照度をローソクのそれに引き下ろすためのさまざまな工夫が生まれた。曇りガラスで電球を覆いかくすランプ・シェード、光を壁に当てて、直接目にふれないようにする間接照明などなど、ほぼローソクの照度に近づけて、部屋全体の照明を分割するよう試みた。こうしないと、ローソクになれた瞳が過剰な刺激を受けるからである。

このように光源を分割された照明はたしかに美的な観点からはすばらしいものがある。私もフランス人の家庭に招かれるたびに、かれらは生まれながらの照明アーチストだと感嘆する。だが、たとえその美的価値を認めるにしても、自分がその美しい間接照明の部屋にずっと住みたいとは思わない。やはり、部屋は明るく全体的に照らされているほうがいい。

こう考えるのは日本人だけだと思っていたが、先日、パリ在住のアメリカ人コンサルタントの書いた本を読んでいたら、アメリカ人も日本人同様、パリの室内照明が暗すぎると感じていることが分かった。

あるとき、米仏合併企業のアメリカ人の重役が会社の会議室に入ると、ほとんど暗闇に近い部屋の中でフランス人の重役たちが待っている。そこでそのアメリカ人重役は、天井の直接照明のスイッチを付け、部屋を明るくした。すると、彼のあとに部屋に入ってきたフランス人の社長が、「なんて眩しいんだ」と叫んで直接照明のスイッチを切り、また部屋を暗くしてしまったというのである。同じ白色人種でも、フランス人はアメリカ人に比べて、はるかに薄暗い間接照明を好むらしい。

とすると、フランス人の間接照明好きは、欧米人の中でもかなり特異な部類に属することになる。そして、そう考えると、いろいろと納得できることがある。それは、フランスの美学の特徴となっている陰影ということである。たとえばフランスの夏の夜を彩る「ソン・エ・リュミエール」、すなわち夜間、歴史的モニュメントに効果的な光を当てて、これに合わせて音楽を奏でる野外ショーだとか、あるいは身近なところでいえば、街角のショーウィンドー・ディスプレー。いずれも、光というのは、蔭の持つ潜在的な美しさを引き出すためにあるということを理解させてくれるような演出がなされている。フランス人は光よりもむしろ蔭のほうが好きなのかもしれない。

こんなふうに理解したとき、思い出したことがある。それは、日本人だって、昔はそうだったのではないかということだ。かつて、正確にいえば、蛍光灯が普及する以前の昭和三〇年代、裸電球に照らされた日本の夜には、蔭や影がいたるところに満ちていた。それは子供心にも、ある種の情動を喚起させる美しさがあり、いまでも、夏の夜の陰影が記憶の底からよみがえってくる瞬間がある。あの時代までは、谷崎潤一郎のいう「陰翳礼讃」の美学が日本にもあったのだ。

ところで、かつてのこうした日本の夜の美しさは永遠に失われ、もはや取り戻すことはできないと思っていたが、先日、偶然にも、それを見いだし、ほとんど涙せんばかりになった。といっても、それは日本ではない。なんと北京である。日中三〇度を超える暑さになり、夜間でも二〇度を下らない五月の北京に滞在していたとき、遠くから聞こえる喧噪につられて、私は夜の北京の街にさまよい出た。すると、そこには、昭和三〇年代の日本があった。すなわち、裸電球とアセチレンガスで照らされた夜店の前を、どこからともなく湧き出してきた群衆が散策し、あちこちに蔭と影を作り出している。その裸電球はあきらかに、ローソクに取ってかわった照明であった。そして、そのとき、フランスのホテルの部屋ではついに理解できなかった、ローソクの後継者としての裸電球のしみじみとした美しさを私は理解した。なにも、すべてを照らし出して昼のような明るさを作り出す必要はないのだ。照明というのは、蔭と影を作り出す程度のものがいい。これからの照明はこの方向へと回帰してゆくのではないだろうか。

かしま・しげる　仏文学者。一九四九年生。「馬車が買いたい！」でサントリー学芸賞、「子供より古書が大事と思いたい」で講談社エッセイ賞等。

霧のなかの熟柿

三浦哲郎

私の父の生まれ故郷は、東北の岩手県の北はずれ、青森県との県境に近い山間のちいさな出《いで》湯《ゆ》の村である。いまでこそいっぱしの温泉を名乗ってはいるが、もともとは田んぼの畦道に湧いたぬるい鉱泉を引いている湯宿が三軒あるきりで、そのあたりでは湯田と呼ばれていた。一見、なんの変哲もなさそうな白濁したぬるま湯だが、ラジウムを多く含有していておできの治療に卓効があり、湯宿には近在からの湯治客がちらほら滞在していた。

父は、湯田の郷士の末裔で、隣県の海岸町の商家へ婿養子に入ったのだが、太平洋戦争の末期に一家で在所へ疎開したきり、店を畳んでそのまま七、八年も林檎畑のなかの掘っ立て小屋に住みついていた。

横須賀の海軍航空技術廠で魚雷の研究に携わっていた次兄が、軍務を解かれて村へ帰ってきたのは、敗戦の年の暮だったろうか、それとも年が明けてからだったろうか。そのころ、私は以前住んでいた海岸町の旧制中学の生徒だったが、一家が父の在所に引き籠ってからも、転校するのが厭で町の叔父の家に寄食し、週末にだけ両親の許へ帰っていた。

あのころの次兄と一緒に村の家で過ごした週末や長い休暇は、なんと耀きやときめきに満ちていたことか。次兄は十五も年上で、しかも東京の学校を出て勤めを持つようになってからは年末の短い休暇に帰省するだけだったから、私たちはそれまでほとんど兄弟らしい付き合いをしたことがなかった。だから、到るところで敗戦の混乱がつづいている暗い時世ではあったが、林檎畑のなかの粗末な小屋で次兄と起居を共にすることが私には嬉しくて仕方がなかったのである。私は、休暇のたびに胸をときめかせながら汽車で小一時間の村へ帰った。

けれども、私たちは二人でなにをするでもなかった。次兄は、日が落ちると耳鳴りのする村で退屈を持て余していたが、私はまだ中学三年生で、すでに三十を過ぎていた次兄の無聊を慰めるすべを知らなかった。次兄は無口で、炉端でなにか考え事をしながら煙草をふかしていることが多かったが、突然、迷いを断ち切るように、「おい、湯に行こうか。」といい出すことがあった。私は、ただ次兄のそばにいるだけで満足だったが、そう誘われると、待っていましたとばかりに、いつでも、うん、とうなずいて立ち上がった。

　私たちは、杉木立のなかの坂をくだり、土橋を渡り、畦道を歩いて、三軒のうち一番古い湯宿へ湯をもらいにいった。次兄は、裏を流れる谷川の岸に傾いているその宿の湯小屋が好きだった。入口の、がたびしの板戸を開けると、そこが板壁に箱型の棚が作りつけてあるだけの狭い脱衣場で、そのむこうがなんの仕切りもなしにいきなり浴場になる。コンクリートで不細工に塗り固めた洗い場の脇に、竹の樋からぬるい鉱泉がとろとろと落ちている上がり湯の木の槽があり、その奥におなじく木の大きな湯船がある。私たちは、白く濁った湯に漬かったり、湯船の縁に腰を下ろしてぼんやりしたりを繰り返しながら長湯をするのが常であった。

　次兄が村の家で過ごした半年間は寒い季節に跨がっていたから、窓を閉めた湯小屋にはたいがい湯気が籠っていた。その濃い湯気のなかに、梁がむき出しの天井から点《つ》けっ放しの裸電球が一つだけぶら下がっていて、それがまるで、枝に取り残された熟れた柿が濃霧に浮かんでいるように見えた。風の強い日には、巻き上げられた粉雪が板壁の隙間から火照った肩や背中にちりちりと降りかかってくる。雪解けのころになると、水量を増してずしんずしんと流れる谷川の音で湯づらが細かく顫えるのが見えた。

　ほんの束の間にすぎなかったが、次兄と一緒に裸で過ごしたあの湯小屋の日々が忘れられない。束の間というのは、その春、次兄は何事かを思い立ち、そそくさとまた東京へ旅立っていったきり、ふたたび村に戻ることがなかったからである。次兄の心に一体何が起こったのだろう。それから数年後には、もっと遠く果てしないところへ旅立っていったのだ、糸の切れた凧のように。次兄がどこへいってしまったのか、その後どこでどうしているのかは、誰も知らない。だから、私の記憶のなかでは、あの湯小屋の冬の思い出は夢のように浮かんだままである。

みうら・てつお　作家。一九三一年生。「忍ぶ川」で芥川賞、「白夜を旅する人々」で大佛次郎賞。他に「蟹屋の土産」「おろおろ草紙」など。

ふみよむあかり

長田　弘

灯りという言葉があらわすものは、まず第一に読書です。すくなくともわたしにとっては、ずっとそうでした。

本を読む自由が灯りのイメージと分かちがたいのは、子どものときにようやく本を読むということの魅力を知ったのが、すなわち灯りの下で夜の読書を覚えてからだったためです。家のみんながそこにいる居間の灯りから、じぶんの部屋にじぶんだけの机を得て、机上にじぶんだけの灯りとなる、首の曲げられる電気スタンドを点けたときが、おそらく、はじめて読書という行為が、じぶんでしてじぶんで楽しみ、考える行為として、じぶんの習慣になったときです。

満架《まんか》の図書《としょ》　白日《はくじつ》を消《け》し
半窓《はんそう》の灯火《とうか》　青年《せいねん》を夢《ゆめ》む

書架いっぱいの書籍を抜いて読んでは日をすごし、窓べのともしびのもとにうたた寝しては若い日のことを夢に見る（徳田武注）。ずっと後になって読んだ江戸の漢詩人、野村篁園の印象的な詩行を覚えています。その詩にきざまれているのは、ひとの初心を思いださせるようすがとしての、読書とともにある灯りのイメージです。

夜半にひもといて、灯りの下の言葉の世界をゆきつもどりつする。その夜半の孤独の楽しみを頒けてくれることではかなうものなしと言っていいのが漢詩の魅惑ですが、森鷗外の遺した漢詩の新しくでた親しみやすい版を手にして（吉田島洋介注）、こころさそわれるのも、その詩行のあちこちに点々とする深夜の灯りです。一人の現在というものを端的に、あざやかに語るものとしての、夜の灯りのイメージ。

蛍《ほたる》　飛んで　新緑を照らし
鵑《けん》　叫んで　古竹を裂《さ》く
夜　長ければ　愁《うれ》いも亦《ま》た長く
無聊《ぶりょう》にして　残燭《ざんしょく》を剪《き》る

宵闇のなか、飛び交う蛍の光に照らされて、若葉の緑が浮かびあがり、ほととぎすの鳴き声が、年を経た竹を引き裂かんばかりに鋭く響きわたる。夜が長いため、悲しみもいつまでも消えず、やるせない気もちで、蝋燭の芯を切っている。――「残燭を剪る」というざらざらとした語感が、読後に、いつまでも胸にのこる詩です。

しかし、灯りの下の孤独の対極に鷗外が書きとめているのも、夜の灯りの下にある自由な時間です。灯りとともに啓かれてゆくべき精神のありようを簡潔に伝える、灯りの下の歓談のイメージ。

一椀《いちわん》の清茶　笑いを帯びて斟《く》めば
羈中《きちゅう》　亦《ま》た足る　胸襟を豁《ひら》くに
白頭の主《あるじ》は対す　青年の客《かく》
細雨　灯前　千古の心

たとえ一杯の緑茶でも、うれしそうに注いでもらえると、旅の途中とはいえ、まるで酒を飲んだのとおなじように、寛いだ気分で、じぶんの思いを話せるのだ。—白頭主というのは、老先生。青年客というのは、若輩の「私」。千古心は、むかしもいまも変わらない、学んだものをとおして生まれる親しみある思いのこと。

灯りについて、ふりかえっていつもまっさきに思いだすのは、じぶんが最初に手に入れた、首の曲がる、じぶんだけの電気スタンドのことです。じぶんだけの灯りを手に入れて、そのときわたしが手に入れたのは、読むべき言葉です。

それからいままで、いったいどれだけの電気スタンドに、じぶんだけの灯りをもとめ、その灯りの下に、どこにもない言葉の世界への入り口を探してきたことか思いかえすと、もし人生とよばれるものを確かにしてゆく何かがあるなら、その何かはきっと、夜の灯りの下に見いだされるべき言葉への夢なしにないものです。

灯りの下に自由ありき。灯りの下の自由は言葉なりき。—最初に手に入れた、首の曲がる、じぶんだけの電気スタンドの下で見つけてからずっと、いまも胸中にあるわが箴言です。

おさだ・ひろし　詩人。一九三九年生。詩集「記憶のつくり方」「一日の終わりの詩集」、エッセイ「詩は友人を数える方法」等。

赤いネオンの十字架

山田太一

夜の盛り場にも灯りが届かない場所がある。路地とか裏通りとか、通行人があまり見上げない上のほうとか、立看板の裏側とか、闇は隙《すき》があればしのびこんで来て淋しくしてしまうので、電気はもっと輝かなければいけない、もっともっと、と子供の頃に思っていた。浅草の盛り場でうまれて育ったせいか、ふんだんに灯りのある街が好きで、その頂点はやはりラス・ヴェガスだろう。

あそこはもう昼間から太陽を遮断して人工の通りをつくり、朝を夕方にし、昼を夜にして、自然の夕方や夜など気がつきたくもないというような勝手放題。電気細工の雷雨もあれば虹もある。

それでも圧倒的な本当の夜が来てしまうと、街中がジージーと電気の唸りをあげて、闇に抗《あらが》う。アーケードの長い天井を使った灯りのショーなどは、見上げていると全身電気漬けになったようでくらくらし、ホテルの部屋に帰っても、安っぽくて馬鹿々々しい派手なデザインに飾られた電灯が寝室にもトイレにも散りばめられていて、うっかりドアのノブに触れるとビリビリして、ハハハハと呆れて笑いながら、子供の頃願っていたのは、こういう盛り場だったのだ、とその頃の自分を連れて来たかった、というような感慨があった。

しかし、行った時はもう大人になりすぎていて、体力も落ちていて、あの大騒ぎの電気の街に長くいるのは、耐えられなくなっていた。匆々《そうそう》に立去り、むしろ闇を求めた。

それでも私は、闇にムキになって立ち向かう灯りが好きである。灯りが不足したホテルのロビーなどにいると、なんだか貧乏になったような淋しいような気持になってしまう。

そんなロビーがどこにあるのだ、と書いてから気がついて記憶をたどると、十数年前のソウルなのである。

節電のために天井の灯りを半減したロビーに入った時の感覚を覚えている。それは敗戦からいくらもたっていない日本に足を踏み入れたような、ギクリとするような感覚だった。

チェックインしながら、自分は怖がっているのだ、と気がついた。敗戦前後の、暗い（文字通り電力不足で暗い）日本が戻ってくるのが怖くて、必要以上に灯りを欲しがってしまうのだ、と。少年期に飢餓を体験しているので、どこかで食べものがなくなるのが怖くていまだに残せないように、灯りについても敗戦が尾をひいているのである。

したがって、灯りについては成り上がりである。明るけりゃいいというところがある。不足に敏感である。

ソウルの名誉のためにいえば、それからしばらくして行ったソウルは明るかった。見る見る経済がよくなっているのが、どこを歩いても感じられた。日本は追い越されてしまうのではないか、という活気がみなぎっていた。それは、今年のはじめに行った時もそうで、高級ホテルのコーヒーショップが満員で、なかなか入れない。そんなことでソウル全体をはかるのは無茶だが、二年前はちがっていたのである。その二年前の旅で見た灯りが、この文章の主眼なのだが、それはもう見た、というだけで、まつわる話がほとんど書けない。それで別の話から、次第にその灯りに近づいているのだが、見たのはソウルからキョンジュ（慶州）に向かう特急列車からであった。いや、正確にいえば、その灯りは前にもあちこちで見ているのである。しかし、その列車からの印象が強くて、他の場所のそれはがたりと明度が落ちてしまったような気持になっている。

アジア不況が韓国にも及んで、国際通貨基金（ＩＭＦ）からの借入れがはじまった頃で、ソウルのあちこちでＩＭＦという略字が目についた。ハングルの中にその三文字だけがアルファベットなので、旅行者はそればかりに目が行ってしまう。「節約してＩＭＦ時代をのり切ろう」とか「ＩＭＦセール」とか、そういうことのようだった。

特急列車もたぶんその影響下にいて、途中の停車駅を発車しはじめると、ホームの灯りが次々と消されて行くのを見たりした。まだ最終というような時間ではない。やっと、すっかり夜になったという頃である。

沿線がとても暗い。いくつかの街は別だが、あとは人家があっても、灯りが少ないように思えた。線路に近い道路も、車のライトで道だと分るというように、外灯が少ない。そんな闇の多い外を見ながら列車に揺られていると、やや遠い闇の中に赤いネオンの十字架が浮んだのである。

韓国の教会は、どういう訳か、どこでも屋根に赤いネオンの十字架をかかげるようなのだが、その列車から見た赤いネオンは忘れられない。他になにもない。闇である。そして、ぽっと赤いネオンなのである。信仰はないのに、列車がいま停ってくれたら、とびおりてかけつけて、ひれ伏したいような衝動にかられた。うまいプロパガンダだなあ、と一方で思いながら、すがるようにその赤い十字架を見続けたのを忘れられない。

やまだ・たいち　脚本家、小説家。一九三四年生。「異人たちとの夏」で山本周五郎賞。「見えない暗闇」「見なれた町に風が吹く」等。

ピアノにライトを点けて

浅井愼平

もう何年になるだろうか、そう、二十年、いや二十五年の月日が過ぎた。

その夜、ぼくたちは伊豆のホテルに宿泊していた。食事の後、バーの片隅のソファーに何人かが集まって酒を飲んでいた。あのとき、何故、そんな顔ぶれだったのか、いまでは思い出せないが、ソファーにはピアニストの中村八大さん、八城一夫さん、佐藤雅彦さん、そして、その頃、雅彦さんと結婚していた中山千夏さんがいた。八大さんも八城さんもいまでは鬼籍に入られてしまってお会いすることができない。雅彦さんも千夏さんも元気な様子だがしばらく会っていない。

月日だけが流れた。そのバーにはステージがあって、そこでピアノ・トリオがジャズを演奏していた。ぼくたちは大きな柱の陰のソファーに座っていたからミュージシャンたちからは姿は見えない。もし、八大、八城、佐藤というビッグネームが聴いていると知ったら、たぶん、とても緊張したはずだが、幸い彼らは気づかず、軽やかな演奏を続けていた。そのうちに千夏さんがいった。

「誰か、ピアノを弾いてくれない?」

「今夜はよそうよ」

雅彦さんはこたえた。

「そんなこといわないで弾いてよ」

「弾くなら、マーチャンだね」

八城さんが雅彦さんを見て笑い、手にウイスキーの入ったグラスを持ち、それを口に運んだ。

「いいよ、バンドは気分よくやってるし」

「でも、聴きたい」

雅彦さんと千夏さんは、その頃、結婚したばかりだった。ぼくにも、千夏さんの気持は解った。

「マーチャン、弾いてよ」

ぼくも雅彦さんを見た。

「困ったな」

雅彦さんは、それでもボーイをよんで、なにか耳元でささやいていた。やがて、トリオの演奏が終わった。雅彦さんが立上り、ステージに近づいた。ピアニストが雅彦さんに手を差し出し、二人は握手をした。雅彦さんがピアノの前に座り、ベーシストとドラマーに何かいった。二人は大声で笑ったが、次の瞬間、雅彦さんがピアノを弾きはじめた。ぼくたちは、あっ、と思った。どうやら演歌らしい歌だった。みんな笑った。喚声が上った。バーの中は一度に温度が変り、暖かいものがあたりを埋めた。

「へえー、やるじゃない」

八大さんが、こころからおかしいというように身体を捩るようにして笑った。やがて、ピアノを弾き終わり、雅彦さんが戻ってきた。拍手が雅彦さんの背中を追っかけるように続いていた。やがて、気づくと、ソファーには、ぼくと八大さんだけが残った。ぼくはずいぶん飲んで酔っぱらってしまい、とりとめもない話をし、それでも八大さんはぼくに付合い、嫌な顔をしない。ぼくは、八大さんの学生時代のことを、たくさん質問した。

「大学のバンドでピアノを弾いてた?」

「いや、ぼくはさ、高校生のとき、もうプロだったのよ」

「えっ、高校生で?」

「そう兄貴の学費もピアノで稼いでいた」

「そんなに売れっ子だった?」

「売れっ子か、どうか知らないけど、すこしはね」

「それは凄いですね」

「凄くはないよ、そんな時代だったしね」

「才能があれば若くてもよかったんだ」

ぼくは感心してしまい、ただでさえ尊敬している人生の先輩の顔と手をまじまじと見た。いつの間にか、バーの灯りは暗くなり、ステージのスポット・ライトも消されていた。客はとうとうぼくと八大さんだけになった。

「八大さん、一曲、弾いてくれません？」

ぼくはずうずうしくいった。駄目でもともとだと思っていた。

「いいよ」

八大さんは、涼しい表情でいった。ぼくは驚いてしまった。八大さんは、早い足どりでピアノに近づき、ぼくを振り返って手まねきした。

「ライトを点けましょう」

ぼくはピアノの上のライトのスウィッチを押した。光がパッと点いて、ピアノの鍵盤と八大さんの顔を照らした。

「ライトはいらないよ」

「いいじゃないですか、客は一人でも、スターの登場なんだから」

ぼくと八大さんは顔を見合わせ、笑った。八大さんの指が素早く鍵盤の上を滑った。流れてきたメロディーは八大さんのつくった「上を向いて歩こう」だった。

あさい・しんぺい　写真家。一九三七年生。「ＰＡＲＣＯ」で東京アートディレクターズクラブ最高賞。写真集に「ＨＯＢＯ」等。

記憶の指

小池昌代

欲しいと思ったもののうち九割は、買ってもらえず育ったが、ギターは一割のほうのひとつであった。しかしこれは両親でなく、祖母が買ってくれた。めったにないことなので、よく覚えている。中学生のときであった。祖母は陽気で気紛れなひとだったので、そのときは私に対して、生涯にただ一度の気紛れがおこったのだろう。

六歳くらいのとき、この祖母から、クリームソーダをデパートで食べさせてもらった。これもたった一度のことであったが。円谷という自殺したマラソンランナーが、……おいしゅうございました、という内容の遺書を残したことは有名だが、気持ちがわかる。クリームソーダの恩は忘れない。育った家は、外食というものをまったくしない家だった。それで私には、たとえ添加物満載の不良食品であっても、外の食べ物のほうが、家のなかで作られるどんな正しい御馳走よりも魅力的に思われる時期があったのだ。

とにかくギターとクリームソーダは、私と亡き祖母を、今も結びつけているキーワードである。時代はフォークソングブームのころ。白いギターを弾きながら歌う歌手もいて、白いギターが、自由なムードの象徴のようにもなっていた。私は、その「白」が嫌だった。それで、百科事典に、これがギターだ、と載っているような、ごく平凡なギターを買ってもらった。しかし、あまりにも簡単に手に入ってしまったものは、そのこと故につまらなくなってしまうことがある。私とギターの蜜月時代は、一年も続かず、今に至るまで、すっかり聴き手の側にまわっている。

ギターという楽器は内省的だ。ひとつひとつの音に、深い孤独の味がしみている。弾く姿もまるで、自分の内側を絶えずのぞき込んでいるかのよう。ギターを聴いていると、「私がギターだ」、「私が爪弾かれている」と、感じることがある。

当時、学校にギターの上手な社会科の先生がいた。ギターを弾くために、右の指のどれかの爪を長く伸ばしていた。するっと異常なほど長く伸びた指の先に、形の綺麗な爪が並んでいる。確かな節々とその甲には、男性的な頼もしさもあって、実に美しい手であった。一度、この指が、私のノートのうえを、ざらざらっと行き来したことがある。それは、我が身が触られたのと同じほどの、実に官能的な体験であった。

また、あるとき、一人の女生徒が、授業中に気分が悪くなり突然もどしてしまったことがある。そのとき先生は、少しも慌てず、彼女が机のうえに吐き出したものを点検した。そして、それを、ざざっと、「素手」で、ばけつに流し込んだ。汚いなんて少しも思っていない動作だった。嘔吐物にまみれたあの長く美しい指。吐いた女の子を一瞬、うらやんだ。気がつけばすっかり、先生にのぼせあがっていたのである。

ギターの奏法の一つなのかもしれないが、ある音から別の音へ移るとき、きゅきゅっという、かすれたような不思議な音が、指板から立つことがある。鮭缶にひとつかふたつ入っている中骨みたいなもの。私は、あの、ちょっと躓くような乾いた音が好きだ。先生のギターにもそれがあって、私はひどく好きだったのに、なぜかひとには反対のことを言ってしまった。「あのひっかかるような音が嫌いだわ」とかなんとか。すると同級生は、「えっ、そうなの？　私はそこが好き。そこがとっても好き」と言うのだ。その素直な言葉は私を打ちのめした。私はうなだれた。彼女のせりふこそ、私のものだったはずなのに——。

やがて卒業を迎えたとき、先生が弾いてくれたのは、『アルハンブラ宮殿の思い出』だ。「きょう、先生が、ギターを弾いてくれたよ」その日、家に帰ってきて祖母に言い、メロディーをふんふんとハミングすると、驚いたことに、ソーラン節しか知らないはずの、この女人は、「あれは、いい曲だねえ」と言うのであった。「その辺をブラブラするような名前がついてる曲だろ?」と。私は、とうに、買ってもらったギターを放り投げていた。祖母はそのことを、別に咎めるでもなく、私にもギターにも、既に興味を失っているようだった。

それにしても、なぜ祖母は私にギターと祖母には、買ってくれたのだろう。そしてなぜ、あんなハイカラな曲を知っていたのだろう。ギターと祖母には、私の知らない何かの結びつきがあったのだろうか。祖母の死後、納戸を整理していたら、買ってもらったギターが出てきた。ケースは埃を被り、なかには子供のミイラのようなギターが眠っていて、張られた弦は錆ついている。指で触ると、ぎしぎしし音がした。

卒業式が終わったあと、緞帳が下ろされ、舞台のうえに、一脚の椅子が据えられたあの日。――ギターを持って登場した先生のうえには、頭上から静かにスポットライトが落ちてきていた。先生は椅子に座り、片足をあげ、ギターを胸のなかに柔らかく抱え込んだ。それからうつむいて目をふせた。出だしのトレモロが、こぼれるように、聴こえてきた。

こいけ・まさよ　詩人。一九五九年生。詩集「もっとも官能的な部屋」で高見順賞、他に「夜明け前十分」、エッセイ集「屋上への誘惑」等。

未来の光

増田みず子

長野県の小布施町にある日本のあかり博物館で、数種類の明かりを体験した。暗室で真の闇の暗さ、行燈のほのかな明るさ、ろうそくのゆらぐ炎のかがやき、一〇〇ワットの裸電球の目をさすようなまばゆい明るさである。ろうそくの光の画期的な明るさに驚かされたが、一〇〇ワットの裸電球の、衝撃的な明るさには言葉もなかった。電気の明かりが誕生したその日から、たしかに世界がかわり、人間の心がかわったにちがいない。人間が地球の支配者であるかのようにふるまうようになったのは、きっと電気の明かりをえたとき以来なのであろう。

東京での明かりの美しさを実感するのは、夜、首都高速を車で走っているとき。あるいは、やはり夜、新幹線で帰京したとき。首都高速で車窓から見る夜景は、影絵のように美しい。色鮮やかな光の連なりが闇に描いた東京の輪郭を、眼下の眺めながら空中を飛んでいるような快感を覚える。またレールの上から二〇〇キロ近いスピードで眺める夜景といえば、民家の小さな窓からもれる穏やかな明かり、つまり家庭の光が中心になる。

窓明かりはひとつずつ微妙に色や明度がちがう。窓明かりのほとんどが電気の明かりであろう。白熱灯の黄色みをおびた暖色系統のもの、青白くどんよりとこもったような感じの蛍光燈の光。青白い窓明かりは寡黙な印象で、黄色がかった明かりからはにぎやかなお喋りの声が聞えてきそうである。窓明かりの光はほとんど動かないために、かえってその窓の奥にすむ人の暮しぶりを想像したくなる。

時に、異様なはげしさで動いている窓明かりに出会って、はっとさせられることがある。実際にはどうということもない。ただたんに、部屋の明かりを消してテレビを見ているにすぎないのだろう。しかし、それを離れた場所の暗闇から見ると、色のちがうフラッシュをたえまなくたき続けているような、暴力的な光の洪水としか見えない。その種の光に出会うと、私は、人間は、電気の明かりをえてまだそれほど時もたっていないのに、こんなふうに無駄に光を垂れ流していていいのだろうか、と不安になる。

十五年ほど前、ネパールのカトマンズ空港に深夜便で到着した経験がある。どこまでも暗い空を飛んでいてどうなることかと心細くてならなかったが、やっと小さな町明かりを識別できたとき、その明かりがひどく懐かしいものに感じられて、うれしかった。頼りないほどの心細い明かりであったが、暗闇のなかで人がひっそりと寄り添いあって暮らしている、と思った。人間の体温を感じさせる、黄色みをおびたやわらかい輝きであった。私などの世代の者が子供のころ体になじませて育った白熱灯の明かりなのだ。

ネパールで滞在したホテルのロビーにテレビが一台置いてあったが、ふだんは鍵のかかる箱にしまわれ、放送時刻がくると、鍵があけられ、人が集まってくる。ホテルの従業員や近隣の子供たち、老人たちも、泊まり客と並んでテレビ見物をする。おごそかにスイッチが入れられ、番組がはじまる。周囲の照明は消されて、映画館のように暗いなかでテレビを見るのである。人々の目は、画面に向けて生き生きと好奇心で美しくかがやいている。その顔はテレビからの青白い光の照り返しを受けて、まるでスポットライトが当たっているようであった。

昭和二十三年生れの私には、十歳前後のころ、近所の家へいってテレビを見せてもらった覚えがある。テレビのない家の者は、子供だけでなく大人を含めた家族ぐるみで、テレビのある家へ押しかけていったのである。ことに初期には戸がしめきらないほど近所じゅうの人が集まったものである。映画会のようなものであったから、正座した膝をつめあって、つめられるだけつめ、当然、電気も消して、暗いなかで見たのである。あのとき、私はたしかに、画面に釘付けになりながら、未来というものの気配を感じていたような気がする。未来からの光を直接体に浴びている自分に感動していたのである。

画面からの光を見つめるネパールの人々は、あのときの我々日本人と同じ表情をしていた。かれらも、未来を見つめて陶酔しているのだと私には思えた。テレビの画面には希望と未来が映っていたにちがいないのである。

実際、初期のテレビでオンエアされる番組というのは、他国のものであれ、誰が見てもわかるような、単純だがみょうに明るく面白いものが多いように思われる。十五年前のネパールのテレビも四十五年前の日本のテレビも、遠く離れたところから見れば、暴れまわる光の塊に見えたのだろうか。

しかし、現代の日本のテレビ番組のいかに希望とはかけはなれたものであることか。テレビが普及してからまだ五十年もたっていないというのに……。

ますだ・みずこ　作家。一九四八年生。「自由時間」で野間文芸新人賞、「シングル・セル」で泉鏡花賞、「月夜見」で伊藤整文学賞。「麦畑」「禁止空間」「鬼の木」等。

外灯

池部　良

僕が生れて、軍隊に入る二十四歳の日まで住んでいた家―勿論、おやじの家だが―省線（現ＪＲ）の大森駅から、大人の足で三十分はかかるところにあった。台地の馬込村から下りて来る坂の下を右に折れて、人力車がやっと一台通れる細い道を入って、百五十メートル、左側。建仁寺垣のある木造、平屋の家。

両隣り、向のお宅は六軒あって、わが家と同じような仕舞屋《しもたや》だった。

この細い道は、ちょっと雨が降ると補修で敷いた砂利とは言えない大きな石が頭を出し下手に歩けば躓いて、おふくろや手伝いの女の子は、しょっちゅう下駄の鼻緒を切って、けんけんしながら、家に戻って来たのを見ている。中学、大学と十二年間も通った道だ。

大学は英文科に進んだ一年生のとき、蟷螂の斧と知りながら映画監督を志した。

卒業寸前、かなり厳しい不幸がやって来た。適齢期青年の国家的義務である徴兵身体検査を受けることになった。ソーダ水を飲むストローみたいな身体だったから、当然、兵隊に採られまいと高をくくって大森区役所へ行ったら「名誉なことである」と一言言った試験官の中佐が「合格・甲種現役兵」の判を押し「昭和十七年二月一日、午前六時、東部十七部隊ニ入隊」と印刷された紙切れをくれた。

驚いた。驚きは、やがて嘆きに変わった。

その年、昭和十六年、目出度く立教大学と、東宝映画の入社を約束してくれているシナリオライター研究所を卒業した翌日、動悸を高鳴らせて東宝砧撮影所に行き、所長を訪れた。

「東宝はね、約束を守る会社です。しかしだな。今、君を入社させるわけにはいかんのだ。何故ならば、だ。軍部の命令でフィルムを取り上げられたから映画が作れんのだ。作れないとなれば、演出部の連中も余ってしまう。余っているのに入れるわけにはいかん」とおっしゃった。甲種合格の悲嘆の上に、映画監督になる夢は露と消え、路頭に迷う悲哀が重なった。

二日後、電報が届いて「スグキタレ、ジユウヨウナハナシアリ、シヨチヨウ」とある。

押っ取り刀で所長室に入ったら「待ってましたよ。巨匠島津保次郎監督がお待ちですよ。君にね、今度、島津監督がお撮《と》りになる『闘魚』という映画の中で、不良少年を演じてもらいたい。準主役ですぞ」と所長が言う。

冗談じゃない。俳優なんて、もっての外とお断りはしたが、ふと頭の中で、指折って数えてみたら、後十か月で死神がいる軍隊へ入ってしまうわけだ。島津監督の説得の旨さも手伝って「演《や》ります」と大声を出してしまった。

春・夏と過ぎ、秋に入った頃には、会社は僕の何が気に入ったのかは知らないが、三本の映画に準主役級の役を与えてくれた。有難いことには違いないのだが、毎晩と言えるほど、夜も遅い撮影を終えてから、井の頭線、山手線、京浜線と乗り継いで、大森駅を下り、三十分歩いて、馬込村から来る大通りを折れて、わが家前の細い道に入る。

十二月の大晦日に近い日だったと思う。

真っ暗に見える小道の入口に辿り着いたら目の前三十メートルばかりのところ、左側に建っている電信柱に取り付けてある外灯が、フィラメントを切らしそうにして、ひらひらと黄色く灯っていた。外灯があったなんて、まるで気がつかなかったから、ちょっとばかり文化の匂いを感じた。だが、すぐに外灯への興味を失って歩き出した。準主役の栄光よりも、死神の緩慢な手招きの方が、暗い冷い空気に、よく馴染んだ。

わが家の近くに来たら門前の電信柱に寄り添うようにして立っている人の影を見た。怯怖とまではいかなかったが、いい気持はしない。おずおずと近づく。

電信柱を遠巻きにして、門に入ろうとし、ちろりと人影に目を遣ったら、瞬間の観察だから、細いところは分からない。三つ編みの髪の毛を二本両肩に垂らしていること。紺色だか黒色だかの外套を着ていること。女学生らしいと見た。何故か軽くお辞儀をしてしまったのは、情ない。

女学生と覚しき黒い姿が、僕に向って深くお辞儀をし、折れた腰を伸ばしたら、どうしたことか、電信柱から腕を出していた外灯が黄色に青い光を混ぜて、ぱっと輝いた。

女の子の顔が浮いた。

マシュマロのように白い、柔らかそうな肌の円い顔。目も眉毛も唇も、小ぶりだがくっきりとした線を持っている。可愛い。とまで目に写したら電球は、ぱっと消え、再び闇の暗さと代った。僕は何んの理由もなく、泡食って潜り戸を開け、入って閉めた。

昭和十八年の夏、北京郊外の陸軍予備士官学校にいたとき、おふくろの手紙を受け取った。「―略―同封の写真は、お向いのお嬢さんです。とてもいい娘さんで、あたしは娘のように思っています」とあった。

これだけの話だが、あの電球の光りは忘れられない。

いけべ・りょう　俳優、作家。一九一八年生。「青い山脈」でスターに。二枚目俳優から任侠映画などで活躍。文筆にも才を発揮し、「そよ風とつむじ風」などの作品がある。

あとがき

三木　卓

月刊誌「かまくら春秋」連載のエッセイをまとめた『こころにひかる物語』が出て、好評のうちに迎えられてから、早くも二年半の月日が流れた。そのあいだに新しく生まれたエッセイも、もう三十篇。それによって『こころにひかる物語Ⅱ』ができることになった。この前の三十篇も感銘深いエッセイばかりだったが、新しい三十篇もまた、いずれ劣らぬ名品ぞろいで、わたしに深い感慨を抱かせた。

それは、もちろんみなさんのお力のためであるが、もうひとつのファクターは、やはり光と人間との関係の深さであろう。光と、切実な生の記憶は、人生の過去の一瞬一瞬と密接に結びついている。人は光の記憶で、人生をふりかえって見ている。

たとえばこの前も思い、今度も思ったことは、電気スタンドの思い出である。アルミの丸いおわんの笠をもち、支柱が自由にまがる戦後の安物のスタンドを懐かしむ人が幾人もいたが、もちろん戦後青春世代のわたしもまた、そのひとりだった。

オルダス・ハックスレーがどこかのエッセイで、文学志望の青年たちはタイプライターと猫をもってパリへ行った、と書いていた。わたしが大学生になって上京したとき、英和辞典と電気スタンドを持っていった。高校生のときに使っていたアルミ笠の電気スタンドだった。それがこれから修行に入る地方出身の学生の、タイプライターと猫だった。わたしは少しだけ気どって、ガラスの青い、いわゆる昼光色の電球を好んで使っていたけれど、もちろん値段が高いわけではなく、だれでも買えた。

実際だれと一緒にいて青春を過ごしたかというと、おそらくこの本のエッセイを書かれているみなさんは、電気スタンドとの孤独な時間がいちばん長かったのではないか。なかにはもちろん、〈あの人です〉と主張する人もいらっしゃるだろうが、そういうお方でも、二番目にはランクしてくれるだろう。読書や勉強に没頭しているときには、電気スタンドのことなんか忘れているが、ふとわれに返ったりすると、目の前の電気スタンドに心を移したりしている。だからどうというものでもないが、じっと見つめたりしながら、来し方行く末のことを思っている。そんな時間をだれしもが幾度となく体験している。

わたしが、そのじっと見たりした電球を意識したのは幾つのころだったか。生れると直ぐ輝く電球をみつめてしまったので、その電球がお母さんになってしまった、という養殖のヒヨコのことをコンラート・ローレンツは〈刷り込み〉の例にあげているが、わたしの母親は電球ではないから、たぶんオッパイをたくさん飲んでからのことだろう。

もっとも古いものは、丸いはずの頭がキューピー型にとがっていて、フィラメントが細長い縦長の輪になって光っていたように思う。一九三〇年代の終りごろの大連での記憶だと思うが、そんな古いものが実用になっていたのだろうか。先のとがっていたのは、そこからガスを抜いたか入れたかしたのかもしれない。

それからは、今の白熱電球の形式だった。ぜんぶ素通しガラス球のと半分すりガラスになっているのとがあった（素通し球は特別用として今もある）。どちらもなかの白熱部分を見ることができた。それは細かく螺旋状に巻かれている線だった。ヒーターのニクロム線と同じ構造のずっと小さなものである。掛け渡される距離が短くても、光る部分はたんなる直線よりははるかに長くなる。

そしてこの線はタングステンという、熱に非常に強い金属からできているので白熱させることができるということも、いつか知った。

タングステンはなんだか神秘的だったが、今も使われているのだろうか。このごろの電球は、「切れたか」と思ってなかを覗こうとしても見えない。わたしは振って、断線の破片の音がしないかどうかたしかめたりしている。

そしてさらに神秘的だったのは、ラジオに入っていた三本とか五本の真空管である。複雑な金属の突起がいくつも見えたり、それがぼうっと赤くともったりする。ものものしくて、ありがたみがあった。真空管の迫力で、ラジオ組み立てが好きになった少年は、多かったのではないか。そして戦後ひところはやった、同調の度合いを示すマジックアイ。

同じころ「光」（一九三六年発売）というタバコがあって、これは戦後もしばらくあった。ニコチンの量が多い、いわばけしからんタバコだったから姿を消したのだろうが、煙草好きが愛用していた。わたしも吸ったことがあるが、「ピース」とは対称的な性格のタバコだった。

あるとき、この「光」という字が、弘法大師の書からとられたものだということを聞いた。それは細めの滑らかな文字で、とても美しかった。

それからタバコの「光」の箱を思い出すたびに、その文字を思い浮かべるようになった。空海弘法大師は、千年以上も昔の人である。かれは、千年前の光を身に受けながらこの文字を書いた、と思った。

その後弘法大師は誤りで、中国の書家欧陽詢《おうようじゅん》の字だと知ったが、それなら異国の中国で人が見た光、ということになる。しかしそれは、かつて弘法大師が留学した地でもあった。わたしはいっそう複雑なものを感じながら、煙草「光」の文字を思うようになった。

そしてもちろん、光そのものはずっとずっと前、この宇宙が誕生したときから、だれも見ることのない時からずっと、存在していたのだった。

編者・三木　卓（みき・たく）
1935年生。作家・詩人。
詩集「わがキディランド」で高見順賞、「鶸」で芥川賞、「路地」で谷崎潤一郎賞ほか受賞多数。児童文学にもペンをふるい、絵本に「イヌのヒロシ」「りんご」などがある。

＊この本は、月刊「かまくら春秋」平成10年10月号～平成13年４月号に掲載されたものを一冊にまとめました。

こころにひかる物語Ⅱ
編　者　三木　卓
発行者　伊藤玄二郎
発行所　㈱かまくら春秋社
鎌倉市小町二―一四―七
電話〇四六七(二五)二八六四
印刷所　文唱堂印刷株式会社
平成十三年九月二十八日印刷発行

© Taku Miki 2001 Printed in Japan
ISBN4-7740-0181-3 C0095